레플리카도,
사랑을 한다. 3
Even a replica falls in love
하루나 돈
[일러스트] raemz

사나다 슈야
사토 코즈에
스나오의, 수학여행.

"아이카와가…… 웃었다!
아이카와가 웃었다!"
요시이
아이카와 스나오

"아키 군, 헬프! 교대!"
처음 경험하는,
수학여행.

"미안해.
지금까지 많이,
정말, 미안해."

"너무, 너무
알기 힘들어,
스나오."

Even a replica
falls in love

레플리카도, 사랑을 한다. 3

ven a replica falls in love

하루나돈

[일러스트] raemz

C o n t e n t s

제1화 레플리카는, 넘어진다. 003

제2화 레플리카는, 여행을 떠난다. 065

Side Story 후배는, 기다린다. 087

제3화 레플리카는, 맛본다. 093

제4화 레플리카는, 더듬어간다. 119

제5화 레플리카는, 내던진다. 143

최종화 레플리카는, 깨닫는다. 203

후기 246

일러스트
raemz

제 1 화 레플리카는, 넘어진다.

◇ ◇

꼿꼿이 편 엄지손가락 끝에, 겨울의 시작이 깃들어 있다.

콕 눌러서 터뜨리면 하얗게 얼어붙을 듯한 냉기가 흘러나와 순식간에 한겨울이 찾아온다. 천장에는 고드름 샹들리에, 바닥은 온통 스케이트장. 침대는 냉랭한 얼음 관으로 전락해, 밤을 새운 흡혈귀조차 다가오기를 꺼릴 정도다.

눈송이가 쏟아지는 것을 올려다보며 내쉬는 숨은 하얗고, 손발은 곱아들 뿐이라, 나는 부들부들 몸을 떨고 있다. 머리나 어깨에 쌓이는 눈을 터는 것조차 귀찮으니, 이대로 눈사람이 될 수 있다면 딱 좋다. 정원 창고에서 잠자고 있는 빨간 양동이를 뒤집어쓰면, 어느 각도에서 보아도 훌륭한 눈사람이 완성될 것이다.

……그런 겨울의 페어리테일이 들르는 일은 없이, 살아있는 나는 축축하고 미지근한 방구석에서, 벽에 등을 기댄 채 앉아 있었다.

뻗은 두 발은 맨발이었다. 오늘 아침, 스나오가 양말을 신기 전에 나를 불렀기 때문이다. 안 그랬으면, 양말을 신고 있었을 것이다.

온난한 기후를 타고난 시즈오카라 해도, 11월이 되면 부쩍 쌀쌀해진다. 오늘은 어젯밤부터 내린 비 탓인지 유난히 춥다. 하지만 내일은 날이 갤 것이고, 아무리 추워진들, 시즈오카현 중부에 눈이 내리는 일은 좀처럼 없다.
창밖에서는 쏴아아아 하고, 빗소리만이 끊임없이 날아들어 온다.
날씨 앱도, 일기 예보도 보지 않아서, 오후에 날이 갤지, 아니면 폭우가 쏟아질지, 천둥이 칠지, 나는 모른다.
아무것도 몰라도, 방에만 있는다면 곤란할 일이 없다. 하늘에서 운석이 떨어져 지붕이 무너지지 않는 한, 차가운 빗방울이 이 몸에 맞는 일은 없는 것이다.
아이카와 스나오의 레플리카. 편리한 대역.
내게 주어진 ,평범한 고등학생 같은 나날은 허무하게 종언을 맞이했다.
선언대로, 5일 전…… 11월 5일 금요일부터, 스나오는 다시 학교에 등교하게 되었다.
평소와 다른 점은, 딱 하나 있다. 스나오는 학교에 가 있는 동안에도 나를 부르게 됐다.
주말에는 부모님과 마주칠 가능성이 있으므로, 이전과 같이 나를 부르지 않는다. 하지만 평일 아침부터 저녁까지는, 어째서인지 지상에 머물게 되었다.
집을 지키는 개처럼. 혹은 나무로 조각한 곰처럼. 또는, 자유 없는 새장 속 새처럼.
그동안 스나오가 내게 무언가를 명령하는 일은 없다. '다녀오겠습니다.' 하고 말하는 교복 차림의 스나오를, 같은 차림을 한 내가 말없이 배웅한다. 그게 전부다.

몇 분인가 몇십 분, 아니면 그보다 더 전에, 지상에서는 빗소리에 섞여 스탠드를 차는 소리가 났다. 크림색 레인코트를 입은 등은, 이미 스나오 본인인지조차 내 눈으로는 분간할 수 없었지만, 그 인물은 터쿼이즈 블루 색상의 자전거에 올라타, 순식간에 멀어져 갔다.

그 모습을 처음부터 끝까지 창문에서 바라보면, 그것으로 나의 시시한 역할은 오늘도 끝을 맞이한다.

나는 배가 고프면 가끔 1층으로 내려가, 물을 끓이거나, 냄비를 불에 올리거나, 전자레인지를 돌리거나 한다. 맛만 진한 라면이나 야키소바나 파스타를 느릿느릿 먹기도 한다.

오늘은 냉동 우동으로 했다. 전자레인지에 데우고 뜨거운 물과 섞은 멘쯔유를 뿌리면, 다음에는 후루룩 먹기만 하면 된다.

거실 겸 식당에는 실내에 넌 빨래가 있어서 코끝에 덜 마른 냄새가 맴돌았다. 그래서 너무나도 단순한 우동 맛은 잘 느껴지지 않았다.

벽에 걸린 시계를 보니, 오후 3시가 지난 참이었다. 학교에서는 6교시가 한창이다.

식사를 마친 나는 2층으로 돌아와, 다시 벽가에 기대어 멍하니 있는다.

이것은 스나오의 고문이 아닐까, 하는 생각마저 든다.

발을 동동 구르며 속이 썩어라. 자신은 레플리카라는 것을 깨달아라. 통감해라.

이것은 스나오의, 그런 메시지일까? 아니면 다른 의도가 있는 걸까? 나는 알 수 없다. 정확히는, 생각할 기력이 없다.

그 사람이 사라진 그날부터, 쭉.

"료 선배."

허공에 불러 보아도, 대답은 없다.

5일 전, 전 학생회장인 모리 스즈미 선배와의 고별식이 체육관에서 열렸다. 나는 스나오의 기억을 통해, 그것을 알고 있다.

많은 사람이 그 죽음을 슬퍼하고, 너무 이른 이별을 한탄했다.

껴안고 울음을 터뜨리는 친구들. 사람들이 필사적으로 억누르려 하는 오열이, 코를 훌쩍이는 소리가, 눈물에 젖은 부름이, 스나오의 고막을 빗방울처럼 연달아 두드리고 있었다. 전교생 분량의 축축한 메시지 카드가, 하얀 상자에 담겨 갔다.

스즈미. 모리링. 모리. 모리 회장. 모리링 선배——. 하나하나 소리가 다른 빗소리는, 모두 저마다의 슬픔을 품고 체육관 안에 울려 퍼졌지만, 그 안에 료 선배의 이름은 하나도 없었다.

스즈미 선배의 레플리카인 료 선배를, 많은 사람은 모르는 채로 있다. 지금까지도, 앞으로도. 청릉제(青陵祭) 무대에서, 그렇게나 아름답게 빛나던 사람인데.

눈시울이 뜨거워진다. 카펫에 누운 내 뺨을, 코를, 한 줄기 눈물이 흘러내렸다.

뺨과 관자놀이 사이를 타고 흐르는 물방울이 귓구멍이나, 원래 축축했던 머리카락 속으로 섞여 들어간다. 반사적으로 등골이 오싹하고 떨려도, 손을 움직여 닦는 것이 귀찮아서 그대로 두었다.

스치는 목소리가, 입술 사이로 새어 나온다.

"료 선배. 저, 학교에 못 가게 되어버렸어요."

아마도, 두 번 다시, 가지 못할 것이다.

나는 이 한 달간, 꿈을 꾸었던 게 아닐까? 학교에 쭉 다니고, 청릉제 준비에 힘쓰는 꿈을. 많은 사람과 알게 되고, 함께 웃는 꿈을.

릿짱과 재회한 것. 아키 군과 만난 것. 선배들과 연극을 했던 것. 속세와 단절되어 감옥으로 변한 네모난 상자 안에서는, 내가 소중히 여기던 모든 것이 물거품 같은 꿈으로 사라져 간다.

두꺼운 카펫 위에서, 무릎을 끌어당겨 웅크린다. 엄마 배 속에 있었던 적도 없는데, 태어나기 전의 아기로 돌아가고 싶은 것처럼.

치마에 이상한 주름이 생겨도, 알 바가 아니라고 생각한다. 내가 아무리 교복을 더럽혀도, 스나오가 곤란할 일은 없다. 내가 사라지면 입고 있던 교복도 함께 사라지는 것이다.

나는, 셔틀런을 하지 않아도 된다.

나는, 어려운 시험을 보지 않아도 된다.

이제 나는, 아무것도 하지 않아도 되어서.

그리고 료 선배가 없는 학교에 가지 않아도 된다고, 마음 한구석에서 안도하기도 한다.

상반된 나 자신을 느끼면서, 오늘도 딱딱한 바닥에서 눈을 감는다. 그 반동으로 눈에서 쫓겨난 눈물이 흘러넘쳐, 힘차게 흘러내렸다.

비는, 끝없이 내리고 있다.

나는 처음으로, 스나오가 학교에 가고 싶지 않은 마음에 다가간 기분이 들었다.

◆ ◆

나는, 보건실에서 잠을 자본 적이 없다.

신체검사라든가, 체육 시간에 무릎이 살짝 까졌을 때 같은 때 들른 적은 있지만, 보건실 침대를 쓴 적은 한 번도 없었다.

비단 나만이 그런 게 아니라, 대부분의 사람이 그럴지도 모른다. 하지만, 내가 보건실을 이용하지 않은 이유는 내 방이 있었기 때문이다. 머리가 아픈 날에도, 배가 아픈 날에도…… 나는 집에서 한 발짝도 나가지 않고, 익숙한 침대에서 누워 있을 수 있었다.

그렇다고 해서 다른 학생들처럼 학교를 쉰 것은 아니다.

내게는 편리한 대역이 있다. 몸 상태나 기분이 좋지 않아도 나 대신 학교에 가주는 나. 언제든 내 말을 들어주는, 나.

그래서 보건실이 필요 없었다. 이처럼 단순한 이야기였다.

문을 두드려도, 실내에서 대답은 없다. 하지만 찾는 인물이 등교한 것은 알고 있기에, 주저하지 않고 안으로 들어섰다.

어젯밤부터 내리는 비 때문에 눅눅한 복도를 실내화 앞코로 차고 들어선다. 그러자 바로 희미한 소독약 냄새가 코끝에 느껴졌다.

보건 선생님은 아침 회의가 길어지는지, 자리를 비운 모양이다. 나는 아랑곳하지 않고, 나란히 놓인 세 개의 침대 중 가장 안쪽, 창가 쪽 침대로 다가갔다.

"사나다."

확신을 갖고 부르자, 유일하게 쳐져 있던 하얀 커튼 너머로 희미한 실루엣이 떨린다. 빈틈없이 꼭 닫힌 것이 본인의 심정을 엿보게 한다.

아무도 다가오지 마. 상관하지 마. 그런 거절의 의지가.

"사나다, 있지?"

나는 조심스럽게 걷히는 커튼 끝을 바라보고 있었다. 나도 나름대로 긴장했는데도 티끌만큼도 내색하지 않은 것은 상대방의 마음이 더 술렁거린다는 것을 알고 있었기 때문이다.

5월 이후로 처음 얼굴을 본다. 하얀 와이셔츠 차림의 사나다 슈야는, 상반신을 침대에서 일으키고 있었다.

사나다는, 불안해 보였다. 나와 똑같이 자기 방이라는 도피처가 있었던 것이다. 거기서 나온 창백한 얼굴은 어딘가 켕기는 듯했고, 불편해 보이기도 했다.

"아이카와…… 안녕."

별로 친한 사이도 아닌데, 앞머리 사이로 나를 본 사나다는 안도한 듯이 몸에서 긴장을 살짝 풀었다.

새까만 짧은 머리와 같은 색의 눈동자. 굵은 눈썹이나 넓은 어깨는 사내다운데, 작은 침대에서 삐져나오지 않으려 비좁게 몸을 움츠리고 있는 듯한, 그런 인상이 있었다.

밋밋한 접이식 의자를 끌어당겨 자리에 앉는다. 사나다는 멍하니, 그런 내 동작을 바라보고 있다.

침대 옆 스툴에는 반듯하게 접힌 교복 상의와 등에 메는 가방이 놓여 있다. 나는 그것을 보는 둥 마는 둥 하며, 눅눅해진 머리카락을 귀로 넘겼다.

"오랜만이라고 하긴 이상한가."

"그러네……. 몇 번 전화도 했으니까."

사나다가 희미하게 웃었다.

농구부 에이스로 활약하던 시절보다 훨씬 조용한 미소였다. 만약 이곳이 교실이었다면, 떠들썩한 웃음과 소란의 소용돌이에 휘말려 바닥에 굴러떨어질 듯한, 힘없는 미소이기도 했다.

"지금, 반에선 수학여행 조를 정하는 중이야."

"그렇구나."

대화는 이어지지 않는다. 시선도 거의 마주치지 않는다. 전화에서 그랬듯, 서로 제대로 말을 나누지 못하고 있다.

우리는 창문을 뚝뚝 적시는 빗방울보다 드문드문 떨어지는 대화를 이어간다.

"오랜만에 얼굴을 내비쳤더니, 부모님이 걱정하시더라고. 안색이 안 좋다고. 오늘은 학교 쉬는 게 좋지 않겠냐고 말이야."

"애초에, 어제까지 쉬었는데 말이야."

사나다는 자기 방에 틀어박혀 있었다. 가족 앞에 자주 모습을 보이고, 쉬지 않고 등교했던 것은 레플리카다.

가볍게 농담을 던지고 나서 '아차' 한 것은, 민감한 영역에 발을 들인 감촉이 있었기 때문이다. 황급히 안색을 확인했지만, 사나다는 무리하는 느낌도 아니고, 변함없이 미소를 띠고 있었다.

“응. 뭔가 웃겨서, 좀 웃었어……. 청릉제, 큰일이었다며?”

“아키, 한테 들었어?”

“그것도 있고, 농구부 친구들한테도.”

그렇구나, 하고 나는 혀 위에서 말을 굴렸다.

청릉제 2일째의, 뒤풀이 파티.

나는 그 자리에 있었던 것이 아니다. 나오에게서도 자세히 듣지 못했다. 그것이 어떤 것이었는지는 남을 통해서 알 뿐이었지만, 이야기로만 들어도, 일련의 사건이 전교생에게 준 충격과 곤혹은 엄청나게 큰 것이었으리라고, 쉽게 상상할 수 있었다.

한 사람의 소실. 그리고, 죽음.

같은 학교에 다니는 학생이 죽는다는 것은, 말할 필요도 없이 충격적인 일이다. 고인과 가깝고, 친구였다면, 더더욱 그럴 것이다.

모리 스즈미는 학생회장을 맡고 있었기 때문에, 일반 학생에 비하면 알려진 존재였다. 다른 학교에서도 화제가 될 만큼 뛰어난 수완을 가진, 눈에 띄는 회장이었다……는 것은 아니지만, 마음씨가 곱고, 학교 성적은 우수하며, 본인도 용모가 눈에 띄고 화려한 미인. 그 삼박자가 갖춰지면, 주위에서 사랑받는 것도 필연이라고 할 수 있다.

그 모리 스즈미는 체육관에 인사말을 하는 도중, 입고 있던 교복이나 실내화만을 남기고 홀연히 자취를 감췄다. 많은 사람이 지켜보는 가운데, 한 사람만이 어디론가 사라져버린 것이다.

그리고 2일간의 대체 휴일과 공휴일을 거친, 11월 4일. 그 죽음이 전교생에게 전해졌다.

아무래도 나는 다른 학생에 비해 전 회장과 가까웠던 2학년으로 인식된 모양이다. 너무 상심하지 말라는 말을 선생님께 듣거나, 반 친구들이 내게 말을 걸거나 했다. 애매하게 고개를 끄덕이는 내 반응을, 그들은 슬픔을 필사적으로 참고 있는 것으로 받아들인 듯했다.

하지만, 그렇지 않았다. 나는 몰랐다.

전 학생회장을. 아마도 본인을 대신해 학교에 다녔을 레플리카를. 오리지널이 죽으면, 레플리카도 사라지는 것을. 그런 레플리카 선배와 나오가 가까운 사이였다는 것을.

나오가 문예부 존속을 위해 연극부와 합동으로 연극을 하는 것은 알고 있었다. 청릉제 첫날에는, 게시판에 붙은 포스터를 보기도 했고, 찾아간 문예부에서는, 릿짱에게 대략적인 이야기도 들었다.

이제 와서 돌이켜보면, 교내에 뿌려진 전단에 대해, 나오가 불안한 듯 입에 담은 적이 있었다. 그때 나는 조금도 신경 쓰지 않았다. 그보다 우선해야 할 일이 있었기 때문이다.

그런 내 무관심이, 새로운 레플리카에 대해 털어놓을 마음을 없앴을 것이라고, 어렴풋이 짐작은 갔다.

하지만 사전에 사정을 알고 있었다고 해서, 과연 나는 무언가 달라졌을까?

가까운 사람과의 갑작스러운 이별에 상처받은 나오에게, 다가갈 수 있었을까? 울어서 눈이 퉁퉁 부어 돌아온 나오를, 위로해 줄 수 있었을까? 아무리 상상해 봐도 그렇게 배려할 수 있는 내 모습은 눈을 감고도 떠올릴 수 없었다.

오늘 아침, 학교 측에선 연기했던 청릉제 표창을 중지한다는 발표만 했다. 이런 분위기 속에서 최우수상 학급을 발표하고 단상에서 경품 뽑기를 해도, 아무도 진심으로 웃을 수는 없다. 교사들이 그런 결론을 내린 것은 명백했다.

예년처럼 화려하게 하는 뒤풀이도, 기념 촬영도 없이, 올해 청릉제는 끝나갔다. 모든 기쁨이 날아가 버릴 정도의 충격과 슬픔이, 전염병처럼 만연한 채로.

그 영향은 고별식으로부터 5일이 지난 지금도 학교 건물 전체에 짙게 감돌고 있다. 하지만 나는 그것을 느끼는 한편, 창백해진 학교 건물을 어딘가 싸늘한 눈으로 바라보는 나 자신도 깨닫고 있었다.

필시, 오래가지는 않을 것이다.

다음 주부터 2학년은 2박 3일 일정의 수학여행을 떠난다. 말할 나위도 없이, 고등학교 생활을 대표하는 대형 이벤트다. 죽은 것은 3학년이고, 당사자 의식이 희박한 2학년은 언제까지고 질질 끌 이유가, 희박하다.

수학여행을 거치면 2학년 내부에서 응어리 같은 것이 완전히 사라져 갈 것이다. 조금 늦게 1학년이, 그리고 3학년도, 한 학생의 죽음을 완전히 과거의 일로 만들어 갈 것이다.

그것을 매정하다고 말하는 사람이 있겠지. 의리가 없다고 욕하는 사람도 있으리라.

하지만 괴로운 일을 잊어가는 것은 결코 나쁜 일이 아니다. 악이 아니다.

내가 생각을 거듭하는 동안에도, 사나다는 계속 입을 다물고 있었다. 고개를 숙인 채 입술을 꾹 다물고 있다. 무언가를 가만히 참는 듯한, 그런 얼굴을 하고 있다.

신경이 쓰여서, 나는 말을 걸었다.

"괜찮아?"

안이한 첫마디. '이러니까 나는 안 되는구나' 하고 남 일처럼 생각했다.

숨이 막혀, 다음 말이 나오지 않는다. 그런 내 변화를 눈치채지 못하고, 사나다가 대답했다.

"아직, 조금."

긴장해서 그런다고, 사나다가 목이 잠긴 목소리로 말한다.

조금 정도가 아닌 것 같다고, 나는 생각한다. 하지만 대놓고 지적해서는 단순한 괴롭힘일 것이다.

사나다 슈야는 마지막으로 보았던 5월보다 훨씬 나약한 인간이 되어 있었다.

한동안 남 앞에 나서지 않은 인간은 이토록 자신감을 잃고, 위축되는 것이다.

이렇게 혼자 보건실에 온 것만으로도 엄청난 노력이 필요했을 것이다. 나는 위로의 말을 던지려다가, 이번에도 어중간하게 입술의 움직임을 멈췄다.

사람을 격려하는 것도, 내게는 맞지 않는다. 아마도 사나다는 괜히 부담을 느끼거나, 불쾌하게 여길 것이다. 그렇다면 아무 말도 하지 않는 게 나았다.

입을 다물고 있자, 실내의 침묵을 깨부술 듯한 기세로 보건실 문이 열렸다.

"안녕! 난 요시이야!"

확인할 필요도 없이, 큰 소리로 장난스럽게 자기소개를 한 인물은 요시이였다.

같은 반의 까불이다. 그야말로 한없이 밝고, 겉과 속이 없는 성격이어서 그런지 남녀 불문하고 친구가 많으며, 다른 반 학생과도 자주 이야기한다. 알기 쉽게 말하자면, 밸런타인데이에 대량의 초콜릿을 받고 엄청나게 좋아하지만, 그 모든 것이 의리 초콜릿. 그런 타입의 남자다.

우리와 눈이 마주치자마자, 요시이는 휘파람을 불었다. 쓸데없이 잘하는 것이 짜증 났다.

"역시 사나다 여기 있었네. 내 감, 완전 적중인걸."

"잠깐. 노크 정도는 해."

침대 위에서 사나다가 몸을 움츠리고 있어서 대신 주의를 주자, 성큼성큼 들어온 요시이가 눈을 깜빡였다.

"뭐야 뭐야. 오늘 아이카와, 기분 별로네. 귀신의 집에서는 귀여운 목소리 냈으면서."

"뭐? 징그러워."

"크윽. 이 예리함, 그야말로 아이카와답다니까."

몸을 배배 꼬며 팔뚝을 문지르는 시늉을 해 보여서, 나는 질색하고 말았다.

교실에서는 앞뒤 자리지만, 요시이와 이야기한 적은 거의 없다. 나눈 말보다, 넘긴 프린트가 더 많을 정도다.

원래는 나오도 마찬가지였을 것이다. 교실에서는 평소의 나처럼 적극적으로 말하지 말라고 지시해 두었다.

하지만 청릉제 준비 기간이 되자, 그럴 수만은 없었던 모양이다. 요시이와 제법 친해졌다고는 들었지만, 이럴 때는 언제나 곤란해진다.

그들의 눈에, 나오가 아닌 나는 어떤 식으로 보일까?

그것을, 나는 절대로 알고 싶지 않았다.

귀찮게 굴던 요시이가 문득 내게서 시선을 뗀다. 내 뒤쪽이 아니라, 일부러 창가 쪽에서 커튼을 걷어 올리고 침입하더니, 사나다가 앉은 침대에 머리부터 뛰어들었다.

"다이빙! 오옷, 보건실 침대 꽤 기분 좋은데."

그때까지 멍하니 있던 사나다가, 갑자기 가까워진 것에 눈에 띄게 동요했다.

비 오는 날에 버려진 새끼 고양이처럼, 불쌍할 정도로 겁에 질렸다. 요시이의 태도에 당혹하고 있다. 그 떨림은, 두꺼운 이불 너머로는 요시이에게까지 전해지지 않았겠지만.

"참참, 사나다. 잠깐 괜찮아?"

"어?"

이름을 불린 사나다의 눈이, 애원하듯 나를 본다. 도움을 주는 게 좋을까 하고 잠깐 고민하다가, 그만두었다.

"사나다 말이야. 너 말이야."

"어? 뭔데……."

왜 보건실로 등교했는지. 교실에 오지 않는지. 그렇게 책망당하는 것을, 사나다는 가장 두려워하고 있다.

요시이는 힐끗 나를 한번 보고, 웃으면서 속삭였다.

"혹시나 하는 소린데, 보건실에서 아이카와랑 야한 짓을…… 한 건 아니겠지!"

속삭이는 소리이기는 했지만, 바로 앞에 있으니까 당연히 내 귀에도 들렸다.

화낼 마음도 생기지 않는, 유치하기 짝이 없는 놀림이다. 어이없어진 나는 한숨을 쉬었다. 어안이 벙벙한 사나다의 어깨를, 침대에서 일어선 요시이는 장난스럽게 팔꿈치로 쿡쿡 찌르고 있다.

"너랑 아이카와, 진짜로 분위기 좋아 보이잖아. 절친의 눈을 속이려고 해도 그렇게는 안 되지!"

귀찮게 굴던 요시이가, 그때 무언가 깨달은 듯한 얼굴을 했다.

"아니면 레알로 오늘 몸 별로야? 그렇다면 나, 엄청 민폐 아니냐? 사과의 의미로 이대로 옆에서 같이 자줄까? 잘깝쇼?"

넉살 좋게 구는 요시이 앞에서, 사나다는 잠시 침묵했다.

고개를 숙인 표정이, 순식간에 납득이 간 느낌으로 변해간다.

나는 눈을 가늘게 떴다. 사나다도 겨우 깨달은 듯했다.

실제로 사나다 슈야는, 계속 집에 틀어박혀 있었다.

하지만 주위에서 봤을 때는 다르다. 골절로 5월부터 입원했던 슈야는 퇴원한 뒤로 아무 일도 없었다는 것처럼 6월 중순부터 학교에 복귀했다. 자신에게 심한 상처를 낸 선배마저, 일대일 농구 대결에서 압도적인 실력을 보여주어 입을 다물게 했다. 그런 인식이, 당연한 것이다.

그것을 깨닫고 나면, 일은 간단하게 풀린다.

사나다는 주위의 시선에 겁먹을 필요 없이, 당연하다는 듯이 행동하면 되는 것이다. 처음부터 아무도 이상하게 보지 않았으니까.

"시끄러워. 네가 옆에서 같이 자주는 걸, 누가 기뻐하겠냐."

사나다는 인상을 쓰고, 자연스러운 느낌으로 요시이에게 되받아쳤다. 말꼬리가 희미하게 떨렸지만, 요시이는 눈치채지 못한 듯, 히죽 웃는다.

"오오. 컨디션 돌아왔네. 역시 땡땡이였구나."

그때, 드르륵 하고 또 문이 열렸다.

"실례합니다."

누군가 했더니, 다음에 나타난 것은 사토 코즈에였다. 2학년 1반 반장이다.

어깨까지 오는 머리를 시원하게 휘날리며 들어온 사토는, 같은 반 아이들이 모여 있는 것을 보고 고개를 갸웃거린다.

"목소리가 들려서 어라? 하고 생각했는데, 역시 사나다 군도 여기 있었구나. 둘이서 무슨 일이야?"
"반장, 너무하네. 아이카와도 계산에 넣어달라고."
"아아, 요시이도 있었구나."
"앗, 아니었네. 안중에도 없는 건, 나였구나……."
요시이가 젖지도 않은 눈가를 연극 같은 시늉으로 닦는다.
나는 사토를 향해 미간을 찌푸렸다.
"너야말로 무슨 일이야."
"수학여행 조 정하는 거, 남자애들은 몰라도 여자애들은 죽도록 신경전을 벌이니까. 그 독특한 분위기를 견딜 수 없어서 탈출했어."
사토는 혀를 쏙 내밀었다.
"그리고 아이카와도 동지인가 해서. 그래서 여기 와본 건데."
나는 어색해져서 시선을 피했다. HR(홈룸) 회의 중, 조를 정하는 이야기가 시작될 즈음에 나는 몸이 불편하다는 이유로 교실을 나왔다. 보건실 등교 중인 사나다를 만나기 위해서였지만, 주위에서는 그런 식으로 보였던 것이리라.
"여자애들은 진짜 난항을 겪고 있었지. 그런데 괜찮은 거야, 반장? 교통정리 담당이잖아."
"뭐, 조는 거의 정해졌고? 사실 다음의 방 배정이 더 장난 아니니까. 친구 사이라도 사전에 약속 같은 거 있잖아. 여기랑 여기서 조 짜자, 걔가 말 걸어도 애매하게 웃으면서 얼버무려 줘, 그 자리에서 대답하지 마, 같-은-거."
"으헤에, 무서워라."

고개를 좌우로 흔들며 애교 섞인 톤으로 연기하는 사토에게, 요시이가 몸을 떨었다.

"우리 반은 그나마 나은 편이지만 말이야."

그건 반을 지휘하는 포지션에 있는 사토가 털털하기 때문이다. 그렇게 생각했지만, 나는 입 밖에 내지는 않았다. 내가 조심해도, 빈정거리는 말투로 받아들여질 때가 있다.

창가에 선 요시이가, 턱에 손을 댄다.

"흐음. 요컨대 사나다도, 아이카와도, 반장도, 아직 조가 정해지지 않았다는 거네?"

지목해서 확인당하니 짜증이 나지만, 부정할 수가 없다. 순전한 사실이니까.

"애초에 너도 그렇잖아, 요시이."

사토에게 지적당한 요시이는, "뭐 그렇지." 하고 아무렇지 않게 고개를 끄덕인다.

그것을 의외라고 생각하고 있자, 요시이가 모두의 얼굴을 둘러보고 갑자기 말을 꺼냈다.

"그보다 말이야. 이것도 일종의 인연, 같은 거랄까? 모처럼 이렇게 됐으니까, 지금 네 명으로 같은 조 만들지 않을래?"

생각지도 못한 제안에, 나는 눈을 세 번 깜빡였다.

'요시이가 또 바보 같은 짓을' 하고 생각할 뻔했지만, 그 내용 자체는 나쁘지 않다. 규칙상 반드시 남녀 혼성으로 4~5명 단위의 조를 만들어야 하니까, 우연히도 인원이 딱 맞는다.

사나다에게는 이야기하지 않았지만, 가능하다면 같은 조가 될 생각이었다. 오늘, 사나다에게 학교에 오라고 부추긴 것이 나다.

같은 문예부 소속이니까, 딱히 이상하지도 않을 것이다. 부정적인 의견이 나오기 전에, 나는 요시이의 제안에 편승하기로 했다.

"나는, 상관없는데."

"어? 진짜?"

자기가 말을 꺼내놓고, 요시이는 놀란 모양이었다.

"나도 괜찮아. 그보다 찬성, 우리 네 명으로 조를 짜자. 요시이는 덤이지만."

"뭐라고? 이 내가 덤이라니 그냥 넘어갈 수 없구먼."

"사나다 군은?"

흘려넘긴 사토가 확인을 구하자, 그 말을 받은 사나다가 고개를 끄덕인다. 이걸로 결정이었다.

"사나다 군, 2교시는 나올 수 있겠어? 이번 주 안에, 조별 코스 테마 정해야 하거든."

"테마라고?"

"왜, 그런 거 있잖아. 공예품이라든가, 일본식 정원이라든가, 일본화라든가 말차 과자라든가. 조별로 조사하고 싶은 테마를 정해서, 거기에 맞춰 둘째 날의 견학 장소를 정한다는 명분이 있으니까."

남을 잘 챙겨주는 사토가, 사나다를 향해 손가락을 꼽으며 가르쳐주고 있다.

여행 일정의 첫째 날은 학급 단위로 행동하고, 둘째 날은 조별로 테마에 따라 행동하며, 셋째 날은 자유 행동의 날이다.

"명분이라고 말해버렸네요, 반장."

"사실이잖아. 가고 싶은 곳에 맞춰서 테마를 설정하자. 다녀와서 조별 발표도 있으니까, 너무 대충 하면 후환이 두렵지만."

두 사람이, 그런 이야기를 하면서 복도로 나간다.

그 뒤를 따르려던 내 귀가, 침대를 나서려는 사나다의 중얼거림을 주워들었다.

"그 녀석 덕분이야……."

"그 녀석이라니?"

돌아서서 묻자, 교복 상의 소매에 팔을 넣으면서, 몸에 어울리지 않는 작은 목소리로 사나다가 대답했다.

"니세. 아키……. 내, 레플리카."

이쪽을 보지 않은 채, 나지막하게 천천히 말을 이었다.

"내 눈으로 본 게 아니라서 반신반의했는데. 나 대신 학교를 잘 다녀줬구나, 하는 생각이 들어서."

그걸 말한다면, 나도 마찬가지다. 사토나 요시이와 친해진 것은 내가 아니라, 나오다. 나도 사나다도, 레플리카의 노력에 편승하는 형태로 여기에 있는 것은, 마찬가지.

그때 사나다가 고개를 들었다. 나를 똑바로 바라보는 바람에, 놀라서 먼저 시선을 피해버렸다.

"그리고 물론, 끄집어내 준 아이카와에게도 감사해. 고마워."

"난 아무것도 안 했어."

입술을 삐죽이며 대꾸했다. 실제로 고맙다는 말을 들을 일은 하나도 하지 않았다.

사나다도 나와 마찬가지로, 레플리카를 만들어냈다. 레플리카에 대해 이야기할 수 있는 상대는 지금까지 한 명도 없었기 때문에, 나는 집에 있을 때 가끔 사나다와 전화로 이야기하게 되었다. 남자애와 이런 식으로 개인적으로 친해진 것은 처음이었지만, 그 시간은 나쁘지 않았다.

수학여행 전이라는 이 미묘한 시기에 학교에 오게 한 것은 지금이 그만큼 미묘한 시기였기 때문이다. 청릉제가 끝나면, 2학년은 수학여행을 앞두고 더더욱 들뜰 것이다. 평소와 같은 학교에 등교하는 것보다, 오히려 허들이 낮지 않을까 생각했다.

그런 나의 속셈은 전 회장이 죽음으로써 생각지도 못한 형태로 빗나갔다. 아마 요시이나 사토가 교실을 빠져나온 것에도, 적잖게 그 영향이 있을 것이다. 두 사람은 교실에서 아무 일도 없었다는 듯이 떠들고 있는 것이 괴로웠을지도 모른다.

거기까지 생각하다가 '요시이는 그렇게 섬세하지 않으려나' 하고 생각을 고쳤다. 최근 마음에 든 사나다가 교실에 없으니 심심풀이로 찾으러 온 것뿐이리라.

사나다가 일어서서 가방의 굵은 끈을 어깨에 멘다. 오른발은 아직 조금 어색한 듯하지만, 걷기 시작하는 모습을 보니 절뚝거리고 있지는 않다. 최근 한 달은 사람이 많은 시간대를 피해, 집 근처를 재활 삼아서 산책했다고 하니까, 그 성과가 나타난 모양이다.

사나다가 뺨을 긁적인다. 고개를 숙인 건지, 움츠린 건지, 잘 알아보기 어려운 각도로 목을 움직인다.

"그래도, 고마워."

자꾸 받아치는 것도 이상해 보여서, 나는 가볍게 고개를 끄덕였다.

사나다에게는 내 목적을 하나도 이야기하지 않았다. 관점에 따라서는, 내가 사나다를 이용하고 있다고도 할 수 있다. 그런데도 고맙다고 말하는 것을 보면, 이 인간은 사람이 너무 착하다.

그러니까 자존심만 비대해진 하야세 선배에게 심한 꼴을 당했을지도 모른다. 문득, 그런 생각을 했다.

괴로운 일은 잊어버리면 된다. 잊어가는 것은 결코, 나쁜 일이 아니다.

하지만 정말로 괴로운 일이야말로, 완벽하게 잊기는 어렵다. 분명 앞으로도 사나다는 하야세 선배의 기억에 시달리고, 어떤 계기로 떠올리고는 괴로워하게 될 것이다.

그러니 정말로 고맙다는 말을 들을 일은 하나도 못 했는데.

"그리고 수학여행도 잘 부탁해. 같은 조니까."

"응……."

활짝 열린 문으로 나선 나는 돌아보지 않고 고개를 끄덕였다.

수학여행은 다음 주로 다가왔다. 하지만 내게 있어서 중요한 것은 그 직전의…….

1교시 끝을 알리는 종이 울린다. 기분이 고조된 탓인지, 복도를 밟는 발끝에 쓸데없는 힘이 들어갔다.

11월 12일 금요일.

그날도, 나는 말없이 스나오를 배웅했다.

올려다보는 내 기분 따위는 상관없다는 듯, 하늘은 맑게 개였다. 멀어져 가는 스나오를 창 너머로 배웅하고 돌아보니, 공부책상 위에 덩그러니 국어 교과서가 놓여 있었다.

"아……."

시간표를, 머릿속에 그려 본다. 오늘도 국어 수업이 있었을 것이다.

외로워 보이는 교과서를 일단 손에 들고 문으로 달려가 보지만, 이제 와서 쫓아가도 무모한 짓이다. 스나오가 아무리 느긋하게 페달을 밟아도 내 다리로는 따라잡을 수 없고, 애초에 우리는 함께 있는 모습을 누군가에게 보여서는 안 되는 것이다.

일찌감치 포기한 나는, 볼썽사납게 카펫에 엎드려 교과서를 팔락 넘겼다. 창밖의 빛만으로도, 손 근처는 충분히 밝았다.

스나오의 기억을 더듬는다. 다음 수업부터 다룰 내용은 『산월기(山月記)』인 듯하다.

『산월기』는 나카지마 아쓰시의 단편 소설로, 당나라 시대의 중국을 모델로 하고 있다. 시인이 되겠다는 꿈을 이루지 못하고, 호랑이가 되어버린 이징(李徵)이, 친구인 원참(袁傪)과 재회하여, 자기 몸에 일어난 사건을 풀어 나가는 이야기다.

처음 읽었을 때, 나도 정신이 들어 보니 호랑이가 되어 있으면 어쩌지 하는 두려움과 흥분이 동시에 가슴을 엄습했던 기억이 있다. 하지만 내가 호랑이로 변하는 날이 온다면 그 전에 스나오 또한 호랑이가 되어 있을 것이라고 생각하니, 공포가 누그러졌었다.

그런 것을 떠올리면서, 원참에게 말을 거는 이징의 말에 눈길을 준다. 순식간에 『산월기』를 다 읽은 뒤에는, 다른 이야기에 손을 뻗어 모험을 한다.

수업에서는 건너뛰는 페이지에도, 이렇게 마음 내키는 대로 들르는 시간이 좋았다.

국어 교과서에는 수많은 소설과 시, 단카(短歌)나 하이쿠(俳句), 비평 등이 실려 있다. 얌전하게 정렬된 이야기의 조각들은 한번 페이지를 열면 깜짝 상자처럼 나를 유혹하며, 이리 오라고 불러준다.

처음 읽는 시를 손가락으로 더듬으면, 감탄의 한숨을 내쉬지 않을 수 없는, 아름답고 선명한 말이나 표현이 춤춘다. 페이지를 열면, 언제든, 어디에 있든, 나는 그 풍경이나 소리가 들리는 곳으로, 이끌려갈 수 있다…….

그때, 띵동 하고 길게 늘어지는 소리가 울렸다.

정신없이 교과서를 탐독하던 나는 퍼뜩 고개를 들었다.

누구일까? 일부러 초인종을 누른 걸 보면 엄마가 집에 돌아온 건 아니다. 택배나 동네 알림일지도 모른다고 생각하며, 일단 일어나서 방을 나왔다.

타닥타닥. 황급히 계단을 내려간다. 하지만 마지막 한 칸에 발을 디뎠을 때 깨달았다.

평일 이 시간, 스나오의 집에는 아무도 없는 것이 보통이다. 부모님 모두 택배를 부탁할 때는 주말이나, 혹은 평일 저녁 이후로 수령 시간을 지정한다. 이웃 아주머니도, 오전에 찾아와 봐야 헛걸음만 할 뿐이라는 것을 알고 있다.

어딘가의 업자인가 생각하며 복도를 빠른 걸음으로 나아가, 현관 앞에 섰다.

아무리 그래도, 바로 문을 열 만큼 부주의하지는 않다. 나는 조심조심, 현관문 너머로 외쳤다.

"누구세요?"

"나야."

돌아온 것은, 단 두 글자. 하지만 그 목소리를 내가 잘못 들을 리는 없다.

문득 생각이 떠올랐다. 비밀 암호처럼, 낭랑하게 외쳐보았다.

"그 목소리는, 내 친구 이징 공이 아닌가?"

만약 문 너머의 사람이 단순히 나카지마 아쓰시를 좋아하는 타인이라면, 내 기지는 의미가 없다.

하지만 내가 아는 그라면 가볍게 읊어 보일 것이다. 뒷자리의 그가 나와 똑같이 수업 중에 몰래 다른 페이지를 탐독하고 있는 것을 알고 있다.

"그 말대로, 나는 농서(隴西)의 이징일세."

나는 문을 열었다.

거기에는 생각대로 농서 사람 이징이 아니라, 야이즈 사람 아키 군이 서 있었다.

겨울 교복 차림의 그가 젊어진, 창 너머가 아닌 햇빛이 놀라울 정도로 눈에 부셔서, 나는 눈을 가늘게 떴다. 눈 안쪽이 강한 통증을 호소하기에, 납작해질 때까지 얼굴을 찡그리고 있었다는 표현이 정확할지도 모른다.

"아키 군? 학교는?"

"슈야가 갔으니까, 나는 집 보기. 앞으로에 대해서는, 아직 잘 몰라서."

며칠 만에 만난 아키 군은, 담담한 말투로 말을 이었다.

"아이카와도 연락해 줘어. 이제부터는 자기가 학교에 가기로 했으니까 나오는 집에 있을 거라고. 그래서 여기까지 와 봤어."

"그랬구나……."

스나오와 사나다 군이, 학교에 갔다. 수학여행을 앞두고 같은 조도 되었다.

스나오의 기억을 통해 아는 사실인데도, 새삼 아키 군의 입을 통해 들으니, 조금 나아졌던 기분이 순식간에 시들어간다.

스나오는 여름 무렵부터, 사나다 군과 통화하고 있었다. 청릉제가 끝나면 학교에 와보지 않겠냐고 설득했던 것도 알고 있다.

방에서 흘러나오던 웃음소리가 가슴속에 되살아났다. 전화 너머에서는 사나다 군 또한, 스나오와 똑같이 즐거운 듯 웃고 있었다.

나만이 아니다. 이제부터는 아키 군도, 학교에 가지 못하게 될지도 모른다.

아니다. 그 정도가 아니라, 우리는 이제…….

"나오 선배. 이시다 가도 사람인 리츠코도 잊지 말아 주세요."

"릿짱……."

아키 군의 뒤에서 불쑥 모습을 드러낸 것은, 릿짱이었다.

"차오(Ciao)예요, 나오 선배. 모치무네에도, 이 집에도, 오는 게 너무 오랜만이라, 뭔가 엄청 그립네요!"

밝은 목소리는 평소와 같았다. 나를 위해 그러는 것을 알 수 있었다. 미소를 지어 보이려 했지만, 표정이 잘 만들어지지 않은 채 나는 물었다.

"둘 다 무슨 일이야? 아키 군은 그렇다 쳐도…… 릿짱은 오늘, 학교잖아?"

질문에 대답하지 않고, 용건을 꺼낸 것은 아키 군이었다.

"나오, 온천 가자."

무슨 이야기인지 전혀 이해가 되지 않아서, 나는 문에 기댄 채 눈을 깜빡였다.

"온천?"

왜 갑자기, 온천?

"응. 추우니까."

"오늘, 춥죠."

아키 군과 릿짱은 호들갑스럽게 어깨를 떨었다. 하늘은 맑고, 지내기 좋은 기온이라, 그 정도로 춥지는 않은데.

"으음."

나는 온천에 가본 적이 없다. 하지만 기분이 밝아질 것 같지도 않아서, 말을 망설였을 때였다.

"이참에 가봐요, 옷 갈아입는 거 도와드릴게요!"

"잠깐, 릿짱."

엄청나게 막무가내인 릿짱에게 등을 떠밀려, 나는 집 안으로 돌려보내졌다.

"와, 집 안도 별로 달라지지 않았네요. 기억 중추가 마구마구 자극받아요!"

릿짱은 즐거운 듯이 현관이나 복도를 둘러보고 있다.

집 내부는 릿짱이 자주 놀러 오던 때와 변한 게 거의 없다. 기껏해야 화장실을 리모델링한 정도라, 릿짱에게는 제집처럼 아는 남의 집이다.

나는 평평한 등을 떠밀리는 채로 릿짱과 함께 탈의실 앞으로 향했다.

스나오는 평소 자기 마음에 드는 옷을 자기 방에 두지만, 집에서 입는 옷이나 잠옷은 탈의실 앞 옷장에 둔다. 속옷도 마찬가지다.

릿짱은 캐릭터가 프린트된 티셔츠와 데님 쇼트팬츠를 고르고 있다. 온천 후에 몸이 더워질 것을 예상한 것이리라.

나는 조심스럽게 속옷을 집어 들었다. 스나오가 슬슬 수명이 다했다고 노려보며, 버리려던 것.

"하지만 스나오 옷이랑 속옷을 마음대로 빌렸다간 혼날 것 같아."

혼나고 싶지 않다는 뉘앙스를 듬뿍 담아보아도, 릿짱에게는 통하지 않는다.

"그때는 저도 같이 혼날 거니까요."

'혼나지 않아요, 괜찮아요' 라고 가볍게 말하지 않는 점이, 스나오에 대한 조예가 깊은 릿짱답다.

목욕 가방에 갈아입을 옷과 수건을 챙겨, 현관으로 돌아간다. 아키 군은 칠이 벗겨진 울타리에 등을 기대고 우리를 기다리고 있었다.

"좋아, 갈까."

"출발이네요!"

나는 계속 망설이면서, 철컥철컥 현관문을 잠갔다. 그렇게 문단속이 끝나자마자, 오른팔을 아키 군, 왼팔을 릿짱에게 붙잡히고 말았다.

머릿속이 일시적으로 멈춘다.

"응……? 왜?"

"도망칠지도 모르니까요."

근엄한 얼굴로 릿짱이 대답한다. 미묘하게 부정할 수 없어서, 나는 입을 다물었다.

그대로 집 앞 도로로 나와, 새빨갛게 다시 칠해진 우체통 앞을 지나간다.

맑게 갠 가을 하늘에 배웅을 받으며, 익숙한 길을 세 사람이 나란히, 터벅터벅 걸어간다. 차가 지나갈 때도 두 사람은 완강히 팔을 놓으려 하지 않아서, 길과 평행이 되어 피한다.

왠지 초등학생 같다. 그리고 나는 경찰관에게 다짜고짜 연행되는 범인 같기도 하고, 조금 더 벌리면 단체 체조의 부채꼴도 될 수 있을 것 같았다.

전에 뭐가 있었는지 기억이 나지 않는 공터에서는 고양이 세 마리가 기분 좋게 뒹굴며 햇볕을 쬐고 있다. 모치무네는 항구도시라서 그런지, 여기저기에 길고양이가 있다.

짹짹 귀엽게 지저귀는 참새가, 전선 위를 우아하게 산책한다. 도로변의 무인 판매소에서는, 잎이 빽빽하게 찬 배추가 한 포기만 남아 200엔에 판매되고 있었다.

한가로운 오전이었다. 지팡이를 짚은 할아버지에게, 세 사람이 각자의 타이밍에 고개를 숙여 인사한다. 그 순간, 나는 잡고 있던 손에 힘을 주어버렸다.

사람의 온기와 접하는 것도, 의미 있는 말을 누군가와 나누는 것도, 정말 오랜만인 것처럼 생각되었다. 최근 며칠간의 나는 벽이나 카펫이나 문이나, 면 종류에만 닿았을 뿐이다.

"온천이라니, 어느 온천?"

겨우 내게는, 근본적인 질문을 입에 담을 여유가 생겼다.

역과는 반대 방향으로 가고 있으니, 전철이나 버스는 타지 않는 모양이다. 그렇게 생각하고 올려다보니, 아키 군이 시선을 내게 돌렸다.

"모치무네 미나토 온천. 가본 적 있어?"

나는 고개를 가로저었다. 몇 년 전 근처에 온천 시설이 생긴 것은 알고 있었지만, 지금까지 이용해 본 적은 없었다.

"욕조가 고장 나면 가보자고, 전에 스나오랑 엄마가 이야기했었는데."

유감이라고 할까, 집 욕조는 한 번도 망가지지 않았다. 걸어갈 수 있는 거리인데도, 가족 중 누구도 가본 적이 없었던 것이다.

"아키 군은?"

"야이즈 시민이라면 닥치고 쿠로시오 온천이니까. 지금은 야이즈 온천이지만."

듣자니 처음인 것 같다.

"릿짱은?"

"욕조가 고장 나면 가볼까 했어요."

어느 집이고 욕조가 다 튼튼해서, 정말 훌륭하다.

길을 똑바로 걸어 주택가를 지나자, 모치무네항에 다다랐다. 오른쪽으로 돌자, 바다나 생선 냄새가 바람을 타고 항구 쪽에서 흘러왔다.

"아, 보이네요."

모치무네항 부지에 있는, 검은 외벽의 건물이 우리를 기다리고 있다. 지붕 아래를 따라, 온천을 연상시키는 마크가 그려진 작은 깃발이 여러 개 바람에 나부끼고 있었다.

"이 건물, 옛날에는 참치 가공 공장이었대요. 참치 유령이 나올지도 모르겠네요."

"참치 유령은 또 뭔데."

"그러고 보니, 소문으로 듣는 유령은 거의 사람 형태잖아요. 왜 그럴까요?"

음음, 하고 이상하다는 듯이 끙끙거리는 릿짱의 목소리를 들으며, 주차장으로 눈을 돌린다. 평일 오전 시간대지만, 거의 꽉 찬 듯했다.

돌아가서 온천 시설 현관 입구에 도착했을 때다. 팔짱을 낀 것을, 의외로 순순히 릿짱이 놓았다.

"유령의 수수께끼는 차분히 생각하기로 하고, 저는 지금부터 학교에 가겠습니다. 나오 선배의 얼굴을 보는 목적은 달성했으니까요."

"어?"

뜻밖의 말을 듣고, 나는 눈을 휘둥그레 떴다.

"릿짱은 온천 안 가?"

헤헤, 하고 릿짱이 뒤통수를 긁적였다.

"제가, 곤란하게도 미묘한 부분에서 성실한 학생이라서요. 부모님도 어찌 된 일이냐 무슨 일 있었냐 삐뚤어진 거냐 리츠코야, 하고 걱정하실 테고요. 지금부터 전철이랑 버스 타면, 2교시……는 무리지만, 3교시에는 늦지 않을 것 같고요."

불성실함의 대표주자인 나와 아키 군은 덩달아 침묵했다.

그렇다면 정말로 릿짱은 내 얼굴을 보려고 일부러 등교 전에 들른 것이다. 수업을 빼먹은 것도, 처음 경험할 것이다. 갑자기 미안함이 밀려와, 나는 그 손을 꼭 쥐었다.

"릿짱, 미안해."

"멋대로 쳐들어온 후배에게 사과하지 마세요. 이런 것도 신선하고 운치 있는 법이에요."

릿짱은 장난스럽게 웃다가, 그 표정이 나를 걱정하는 것으로 바뀐다.

"나오 선배, 생각보다 안색이 안 좋아요. 온천에서, 몸을 단단히 덥혀 주세요."

메마른 뺨을 릿짱이 만지작만지작 한다. 작은 손바닥 감촉이 기분 좋다.

"응. 릿짱 몫까지 몸 담그고 올게."

"바로 그거예요."

조금 웃던 릿짱이, 안경 렌즈 너머로 가만히 내 눈을 본다.

"그리고 전에 전했던 말, 농담 아니에요. 갈 곳이 하나도 없다면 저한테 말해주세요. 말없이 사라지거나 하는 건, 이제 절대로 안 되니까요."

진심으로 말해주는 것을 알기에, 미안함이 더 커졌다.

여름 바다에서는 아직 보이지 않았던 현실이, 내 눈앞에 다가오고 있었다. 총명한 릿짱도, 절실히 느끼고 있을 것이다.

그때와 변함없이 말해주는 것은, 용기가 필요한 일이리라. 그런데도 릿짱에게는 일말의 망설임도 없었다. 친구로서, 언제나 나를 걱정해 주고 있다.

"고마워…… 릿짱."

그런 릿짱에게 지금의 내가 돌려줄 수 있는 것은, 고맙다는 말밖에 없다. 하지만 릿짱은 활짝 웃으며, "네." 하고 고개를 끄덕여 주었다.

"다음에 또 봐요! 온천 감상도 알려주세요!"

"응, 바이바이." 하고 손을 흔들며 헤어진다. 릿짱은 빠르게 걸어서 역 쪽으로 간다.

나와 아키 군은, 드디어 온천에 돌입한다.

외관부터가 아주 새로운 모치무네 미나토 온천은, 내부도 깨끗하고 청결했다.

벗은 신발은 신발장에 넣고 잠근다. 나는 52번, 아키 군은 오른쪽 옆의 60번.

입욕 이용권은 두 대가 나란히 놓인 버튼식 발권기에서 구매하는 모양이다.

오늘은 평일 요금이다. 회원이 아니고, 초등학생도 아닌 우리는 일반 900엔. 분홍색 지갑에서 꺼낸 천 엔 지폐를, 배고픈 발권기에게 윙 하고 먹여줬다.

이것으로 나의 전 재산은 18만 8240엔이 되었다. 최근에는 19만 엔으로 돌아가고 싶은 나와, 그것을 저지하는 나의 욕망이 데드히트를 벌이고 있다. 무자비한 전쟁은 계속 중이다.

입욕 이용권을 손에 들고 프런트로 향하자, 업소 유니폼 대신일 빨간 티셔츠를 입은 직원 언니로부터, 카운터 너머로 의아한 눈빛을 받았다. 그 이유를 생각하고, 퍼뜩 깨달았다.

그러고 보니 나도 아키 군도 교복 차림이다. 그리고 지금은 평일 오전인 것이다. 어째서 학생이 있냐고 의심하는 것은 당연한 일이었다.

"저, 저기……."

입을 다물고 있으면 수상하게 여길 것이다. 나는 무언가 그럴 듯한 이유를 쥐어짜려 했다. 하지만 이럴 때 한해서, 좀처럼 아무것도 나오지 않는다.

곤란해하고 있자, 옆의 아키 군이 아무렇지 않게 말했다.

"오늘, 창립기념일이라 학교 쉬어요."

어?

언니는 턱을 살짝 당기고 나서, 손목에 차는 밴드식 사물함 열쇠를 가져다주었다. 딱히 언급할 생각은 없는 듯했다.

기념품 코너나 식당을 곁눈질하며, 온천으로 이어지는 밝은 연보라색 가림막을 지나간다.

복도에는 액자에 넣은 흑백 사진이 걸려 있었다. 해수욕객으로 붐비는 모치무네 해안이나, 모치무네 동네 전체를 찍은 파노라마 사진은, 언제쯤 촬영된 것일까.

그것들을 바라보며, 박식한 남자 친구에게 말을 건다.

"오늘, 스루세이 창립기념일이었구나."

"아마 아닐걸."

에엣.

아무래도 아키 군은 태연하게 거짓말한 모양이다. 그 대담함에 나는 감탄했다.

사진을 다 본 다음에는, 빨강과 파랑의 온천 가림막이 기다리고 있다.

"나오면, 아까 그 라운지에서 만나자."

"응, 이따 봐."

나는 왼쪽, 아키 군은 오른쪽으로 갈라진다.

탈의실에서 사람은 보이지 않았지만, 온천에서는 물 흐르는 소리가 들리고 있었다.

사물함 열쇠는 사물함 번호와 대응한다. 내 번호를 찾아 짐을 맡긴 나는, 치마에 손을 댔을 때 터무니없는 사실을 깨달았다.

"와……."

교복 치마는 쭈글쭈글했다. 자세히 보니 허리 부근에 먼지까지 붙어 있다.

탈의실 거울을 들여다보았을 때, 한층 더 큰 충격을 받았다. 카펫에서 뒹굴뒹굴한 탓인지, 머리카락이 부스스했다.

아키 군과 릿짱이 걱정스러운 얼굴을 한 이유를, 잘 알 수 있었다. 내가 안쓰러운 몰골로 나와서, 두 사람 다 얼마나 놀랐을까.

수치심에 얼굴을 붉히면서 옷을 벗고, 하얀 수건만 손에 챙겨서 목욕탕으로 향했다.

두근거리면서 둘러보는 목욕탕 안에도, 차분한 분위기가 흐르고 있었다. 천장과 벽의 위쪽 절반이 하얗고, 아래쪽 절반이 검은 모노톤. 벽에 설치된 조명은, 부드러운 주황색 빛을 내고 있었다.

안에는 냉탕을 포함한 세 개의 탕과 사우나가 있는 듯하다. 가운데 탄산탕이 인기인지, 유독 사람이 몰렸다. 노천탕도 있다.

흠흠 하고 둘러보며, 발끝부터 뜨거운 온천물을 끼얹는다. 몸에 물을 끼얹는 것에는 몸의 더러움을 씻어내는 것만이 아니라 몸을 온천에 익숙하게 한다는 의미도 있다고 한다.

씻는 곳에서 머리와 몸을 제대로 씻고, 긴 머리카락을 수건으로 정리하고 나서, 나는 벌떡 일어섰다.

역시 노천탕. 처음은 노천탕. 어쨌든, 노천탕!

마음속으로 정하고 옥외로 갔지만, TV에서 보던 노천탕과는 달리 개방감은 별로 없었다. 하늘 대부분은 지붕에 덮여 있고, 목재 벽도 설치되어 있어서, 경치가 잘 보이지 않는 것이다.

그보다 신경 쓰이는 것은, 한쪽 구석을 차지하는 후지미고야(富士見小屋)라는 오두막의 존재였다. 노천탕의 3분의 1 정도를 사용해 설치된 곳인데, 거기서라면 후지산이 보인다고 한다.

노송나무 향기에 코끝이 간질거려, 나는 온천탕 속을 쓱쓱 이동해 입구에서 오두막으로 들어가 보았다.

어두컴컴한 오두막 안은 어딘가 비밀기지 같아서 마음이 들뜬다. 오두막에서는 항구나 바다가 한눈에 보이는데, 날씨가 갠 덕분에 하얀 모자를 쓰고 멋을 낸 후지산이 저 멀리 보였다.

눈을 가늘게 뜨고 후지산을 바라보며, 바위에 팔꿈치를 기댄다. 너무 뜨겁지 않은 온천이 기분 좋다.

생각해 보니, 여기는 산속의 비경 같은 곳이 아니라 항구 근처의 온천이다. 지붕이나 울타리가 없으면, 알몸으로 목욕하는 모습이 사람들 앞에 노출되어 버린다. 엿보기 대책은 필수였던 것이다.

하지만 이래서는 내가 항구를 몰래 엿보는 것 같다. 그렇게 생각하니 조금 우스워서, 웃어버렸다.

이대로 오두막에 살아버릴까 생각했을 때, 몇몇의 말소리가 들려온다. 나는 몇 초 전의 몽상을 잊고, 서둘러 오두막을 빠져 나왔다. 모처럼 좋은 경치를 독차지하면 미안하니까.

그 뒤에는 실내를 돌며 즐겼다. 최종적으로 탄산탕에 자리 잡은 나는, 셀 수 없을 정도의 거품에 안긴 손발을 뻗는다.

"따뜻해……."

끙 하고 크게 기지개를 켜자, 일제히 거품 무리가 도망쳤나. 온천수가 철썩철썩하고, 탄산이 톡톡 터지고, 입가는 활짝 풀어져 간다.

"온천은, 참 대단해."

후우, 하고 폐에 쌓인 따뜻한 숨을 내쉰다. 거기서 나는 무심코 시계를 보았다.

12시 10분 전이었다.

시선을 돌리려다, 아니아니아니…… 하고 다시 생각한다.

2교시는 시작했지만, 3교시에는 늦지 않을 것 같다. 릿짱은 그런 식으로 말했다. 2교시는 10시부터, 3교시는 11시부터다.

그렇다면 나는 혹시, 한가롭게 두 시간 가까이 온천에 몸을 담그고 있었던 것은 아닐까.

아키 군과 만날 장소는 잡았지만, 몇 분 뒤에 집합할지는 약속하지 않았다. 남녀가 따로 만나는 것에 익숙하지 않다 보니 저지른 초보적인 실수였다.

아키 군은 온천에서 나왔을까. 지금도 몸을 담그고 있을까.

생각해 본다. 목욕 시간이라는 것은, 대체로 여자가 길고 남자가 짧다는 이미지가 있다. 아버지는 몸에 물만 칠하는 느낌이고, 어머니는 길게 목욕해서, 두 시간 정도 욕실에서 나오지 않을 때도 있다. 스나오가 가끔 알아차리고 부르러 가면, 목욕탕 안에서 잠든 숨소리를 내고 있는 것이다.

나는 1분 만에 결론에 도달했다. 기다리게 해서는 안 된다. 삐비비비 발사되는 원적외선 사우나에서 온몸을 지지고 싶은 마음도 있었지만, 슬슬 나가야만 한다.

철썩철썩 온천을 헤치고, 나는 욕장에서 나왔다.

몸을 가볍게 닦고 나서 탈의실에 들어가자, 거울 앞에서는, 대학생쯤 되어 보이는 두 사람이 의자에 앉아 이야기를 나누고 있었다. 해안가의 상업 시설 헛 파크의 어느 가게에서 점심을 먹을지를 의논하면서, 뷰러로 속눈썹을 올리고 있다.

목욕 후 달아오른 몸에 셔츠를 걸치고 있자, 툭 하고 무언가 떨어져 내렸다. 하늘색 슈슈였다.

내가 넣은 기억은 없으니, 릿짱이 넣어준 것이리라. 릿짱답게 센스 있는 연출이었다.

나는 머리를 드라이어로 말리고 나서, 슈슈로 느슨하게 머리를 묶는다.

잘 닦인 거울에서 이쪽을 돌아보는 것은, 하프업 머리의 나. 평소와 같은, 조금 오랜만에 보는 나.

몇 번이고 각도를 조절하고, “됐어.”하고 고개를 끄덕이고 나서, 나는 무거워진 가방을 손에 들고 탈의실을 나왔다.

라운지를 두리번거리며 둘러보지만, 아키 군은 안 보였다. 식당이나, 기념품 코너에도 없다.

의외로 내가 더 빨랐던 모양이다. 기다리게 하지 않은 것에 안도하고 있자, 등 뒤에서 타닥타닥 분주한 발소리가 났다.

가림막을 지나 나타난 것은 아키 군이다. 브라운 셔츠에 검은 바지를 입었다.

"미안! 뭔가 사우나에서, 현지인 아저씨한테 붙들렸거든."

아키 군이니까, 좀처럼 말을 끊지 못하고 곤란해했으리라. 그 장면을 상상하니 재미있었다.

"괜찮아, 나도 방금 나왔으니까."

아키 군은 "그래?" 하고 가슴을 쓸어내리는데, 너무 서두른 나머지 머리를 채 말리지 않은 모양이다. 짧은 머리라고 해서 대충 했다가는 감기에 걸릴지도 모르는데.

나는 사용하지 않은 페이스 타월을 가방에서 꺼냈다.

"아키 군, 물방울 떨어져."

발돋움해서 머리카락을 닦아 주려고 했다. 눈치챈 아키 군이 부끄러운 듯 뿌리치려 했다.

"괜찮아. 내가 할게."

"됐으니까 얌전히 있어."

딱 잘라 되받아치자, 팔자 눈썹이 된 아키 군이 나를 바라본다. 그 순간, 내 심장 부근에서 이상한 소리가 났다.

"나오? 왜 그래……?"

금세 경직된 나를, 아키 군이 이상하다는 듯이 쳐다본다. 그 짧은 머리가 윤기 있게 젖은 모습이, 더더욱 나를 설레게 한다.

평소와 다른 점은 딱 하나.

머리만 젖었는데. 단지, 머리가 젖어 있을 뿐인데!

그렇게 자신에게 몇 번이고 타이르지만, 젖은 머리 아키 군은 어려 보이고, 왠지 특별히, 무방비한 느낌이 든다. 가족 정도만 볼 수 있는, 귀중하고 고마운 느낌이 든다.

하지만 그런 말을 본인에게 할 수는 없다. 답답한 마음을 얼버무리려고, 나는 아키 군의 두피며 머리카락이며 목이며를 힘껏 닦아댔다.

"잠깐, 아프다니까."

불평하는 아키 군이, 참지 못하고 내 양손을 위에서 붙잡는다. 커다란 손은 따뜻하고, 온몸에서 나와 같은 향기의 수증기가 피어오르는 듯했다.

눈이 마주치자, 아키 군이 얼굴을 활짝 폈다.

"왠지, 같이 사는 것 같네."

"어, 그래?"

두근거리는 내게, 아키 군은 아무렇지 않게 말한다.

"지금의 나오, 엄마 같아서."

"생활에 찌든 것 같다는 뜻이야……?"

나는 토라졌다.

왠지 기대했던 것과 다르다. 내가 토라진 것을 눈치챈 아키 군이, 어색하게 화제를 바꾼다.

"맞다. 점심시간인데, 배 안 고파?"

못 말리겠다고 생각하면서, 나는 맞춰 주기로 했다.

"조금."

왜냐하면, 배가 고팠기 때문이다.

최근 며칠간의, 배가 울려서 어쩔 수 없이 무언가를 위장에 넣는 감각과는 전혀 다르다. 나는 명백히 기운을 차리고 있다. 온천에서 몸이 따뜻해진 덕분에. 릿짱과 아키 군 덕분에.

구내 식당은 제법 붐볐기 때문에, 점심은 다른 가게에서 먹기로 했다.

건물에서 나오자, 입구 앞 돌담에 눈이 갔다. 아까는 눈에 들어오지 않았던, 우뚝 솟은 돌담 위에 내걸린 간판에는 '왜가리의 둥지가 있습니다' 라고 쓰여 있었다.

간판에 그려진 엄마 왜가리와 새끼 왜가리 그림이 귀엽다. 아까 슬쩍 보인 식당 이름이 아오사기(왜가리) 식당이었던 것도, 이 둥지의 영향일까.

둥지를 조금이라도 보고 싶어서 제자리에서 깡충 뛰어 보지만, 키 큰 잡초만 자랐고 둥지다운 것은 보이지 않았다.

"왜 그래?"

"저 안쪽에 왜가리 둥지가, 있대."

"아하."

"아키 군, 보여?"

키가 큰 아키 군이라면 혹시나 해서, 뛰면서 물어본다.

아키 군은 발돋움하고, 손으로 차양을 만들고 있다.

"전혀 안 보여. 돌아가서 볼래?"

"응!"

돌담 위는 제3주차장인 모양이다. 왜가리 가족이 놀랄지도 모르니, 멀리서 주차장을 본다.

"둥지, 어느 걸까."

"어느 걸까나."

그럴듯한 것이 전혀 보이지 않는다.

그러는 동안에 꼬르륵 하고 배가 우는 소리가 났다. 나는 걱정스러운 표정을 지었다.

"아키 군, 배고파졌네. 왜가리는 다음에 또 찾을까."

"내 배는 안 울었는데."

못 들은 척하며, 앞서 걷기 시작한다.

주차장을 빠져나왔을 때, 아키 군이 내게 물었다.

"어디서 밥 먹을래?"

"어쩔까? 이 근처에 가게가 많이 생겼어."

가게가 늘고, 사람이 늘고, 모치무네는 아직 발전 중이라는 느낌. 스나오는 해안가 가게에서 젤라토를 먹거나, 경단이나 햄버거를 먹거나 한 모양이다.

"미나토요코초는? 전부터 좀 궁금했는데."

미나토요코초는 모치무네항 바로 앞에 있는 먹자골목이다. 몇 년 전에는 꽤 옛날 느낌의 골목이었지만, 재단장하면서 세련되고 활기찬 장소로 다시 태어났다. 엎어지면 코가 닿을 거리라고 할까, 이미 코앞에 보이고 있다.

"가보고 싶어. 뭐 먹을래?"

"나는, 생선이 당기려나."

오오, 하고 나는 일부러 감탄의 한숨을 쉬었다.

"역시 야이즈 토박이네."

"그보다, 온천에 있을 때 생선 냄새가 나서."

"그거, 나도 생각했어!"

탄산탕에 몸을 담그고 있을 때, 활짝 열린 큰 창문으로 바람이 흘러들었다. 아주 잠깐, 코끝을 간질인 바람은 명백히 생선의 얼굴을 하고 있었다.

그것은 어쩌면 온천객에게 해산물을 먹게 하려는 높으신 분의 음모일지도 모른다. 그런 것을 진지하게 의논하면서, 우리는 미나토요코초 1층 입구에 있는, 지로마루라는 해산물 가게에서 점심을 먹기로 했다.

통유리로 된 가게 안은 만석이지만, 마침 계산 중인 손님이 있다. 밖에서 기다리는 동안, 바라본 골목 안은 소문대로 스타일리시한 공간이었다. 하나만 달린 붉은 초롱이 왠지 귀엽다.

안내받은 곳은 카운터 형태의 창가 자리다. 항구 경치가 보여서 조금 이득인 느낌이 든다.

"뭐 먹을래? 오늘은 내가 쏠게."

슈야의 돈이지만, 하고 아키 군이 농담을 한다.

"그러면 사양하지 않고, 부탁할게."

나는 얌전히 얻어먹기로 하고, 두 사람 한가운데서 메뉴판을 펼쳤다.

"많네."

덮밥이 잔뜩 있다. 초밥과 시라스(멸치) 피자도 있다. 뭘 시킬지 고민된다.

모치무네는 일본 유수의 시라스 명산지라는 것도 있어서인지, 집에서도 시라스는 자주 식탁에 오른다. 스나오는 생으로 된 것보다 삶아서 불린 카마아게 시라스를 좋아하는 모양이다. 뜨끈뜨끈한 흰쌀밥 위에 시라스를 듬뿍 얹고, 다진 파를 올려 먹는 것을 알고 있다.

시라스 생각을 하고 있자니, 무척 먹고 싶어졌다. 저녁밥을 거의 먹어 본 적이 없는 나는 시라스를 좀처럼 본 적이 없다.

"나, 하프 앤 하프 덮밥이 좋겠어."

고른 것은, 생시라스와 카마아게 시라스가 반반씩 들어간, 시라스 듬뿍 덮밥이다.

"역시 모치무네 토박이네."

"아키 군은?"

"나는 신선 해산물 덮밥."

아키 군이 메뉴의 맨 위를 가리킨다. 생시라스, 카마아게 시라스, 거기에 참치 뱃살과 벚꽃새우까지 듬뿍 올라간, 호화 덮밥이다.

주문하고 3분도 채 되지 않아, 먼저 전채 요리가 나왔다. 토란과 돼지고기 조림은, 혀 위에서 녹는 것 같다. 맛보고 있는 동안, 덮밥과 된장국이 나왔다.

아키 군의 카이센동은 정말로 색채가 풍부하지만, 노란 계란말이와 초록색 다진 파가 수놓인 하프 앤 하프 덮밥도 뒤지지 않는다.

생시라스도 카마아게 시라스도, 창 너머로 쏟아지는 찬란한 햇빛을 받아, 반짝반짝 아름답게 빛나고 있다.

나는 작은 접시에 간장을 따르고, 콕콕 찍어서, 윤기 나는 생시라스를 한입 가득 먹어본다. 식감은 탱글탱글하고, 혀에 닿는 감촉이 좋다.

"맛있어."

'신선' 이라는 수식어가 붙은 맛을, 입안에서 만끽한다.

다음은 듬뿍 담은 파와 함께, 생시라스를 한입 가득 먹거나, 카마아게 시라스로 빠지거나, 최종적으로 생시라스와 카마아게 시라스를 함께 입안에 넣어보거나, 이젠 다 마음대로다.

특히 마음에 든 것이 와사비 간장이었다. 간장에 와사비를 풀어서 생시라스를 콕 하고 찍어 먹으니 놀라울 정도로 풍미가 깊어진다. 생시라스가 가진 희미한 쓴맛이, 와사비의 톡 쏘는 매운맛에 녹아드는 것이다.

생강도 좋지만, 와사비가 제일 좋다. 신나서 너무 많이 넣었더니, 코 안이 찡해서, 눈물이 조금 나와버렸다.

따뜻하고 부드러운 맛의 된장국으로 눈물샘을 달래고 있자, 아키 군이 중얼거렸다.

"나오는 대단해."

'뭐가?' 하고 와사비로 촉촉해진 시선만으로 묻는다. 아키 군은 이쪽을 보지 않고, 빛나는 듯한 붉은 생선살에 와사비를 얹고 있다.

"저금까지 잘하고 있어서, 대단하다고."

"난 엄마한테 용돈 받고 있을 뿐이야."

"하지만 자기가 일해서 번 돈이잖아. 슈야의 등골이나 빼먹는 나보다 대단해."

아키 군은 평소보다 사나다 군 이야기를 꺼내려고 한다. 평소에는 스스로 화제로 꺼내지 않고, 아무것도 신경 쓰지 않는 것처럼 행동하는데.

그 변화의 이유를, 나는 알고 있었다. 머릿속에서 쉬지 않고 생각하고 있기 때문이다. 사나다 슈야 군을. 갑자기 학교에 다니기 시작한, 자신의 오리지널을.

듣지 않아도 안다. 왜냐하면, 나도 똑같으니까.

"난 대단하지 않아."

그렇게 대답한 것을 계기로, 말은 차례차례 흘러넘쳤다.

"조금도 대단하지 않아. 전혀 앞으로 나아가지 못하고, 스나오가 학교에 가는데…… 축하도 못 해줘."

"나도 그래."

아키 군은, 강한 실감이 담긴 목소리로 고개를 끄덕였다.

찻잔의 차를, 거의 같은 타이밍에 마신다. 무언가 할 말을 찾고 싶을 때, 투명한 차 속에서 답을 찾을 때가 있다. 혹은, 차와 함께 삼키고 싶어질 때가 있다.

가게 안은 사람들의 말소리로 떠들썩한데, 우리만 다른 장소에 있는 것 같았다.

"나, 고등학교 졸업하면 일하러 나갈까."

따뜻한 찻잔을 손에 든 채, 나는 멍하니 있었다. 그가 갑자기 무슨 말을 하는지 알 수 없었다.

"나오는 머리 좋으니까, 대학 갈 거야?"

"안 가, 나는."

안 가는 게 아니라, 사실은 갈 수 없다. 레플리카도 받아주는 대학은, 전국을 뒤져도 없다. 외국도, 애초에 불가능한 이야기다.

"나오가 대학 가면, 나도 같은 곳 갈래."

아키 군은 농담을 멈추지 않는다. 악문 이 안쪽에서, 걸렸던 파가 아삭하고 소리를 냈다.

"그런 이유로 장래 설계를 하면, 안 돼."

"여자 친구랑 같은 대학은 성실한 이유라고 생각하는데."

"레플리카는, 대학 못 가……."

말해버린 내게도, 아키 군은 표정을 바꾸지 않았다.

"그렇다고는 할 수 없어. 료 선배도, 초중학교는 다녔고."

초중학교와 고등학교, 그리고 대학은 다르다.

잘 모르지만, 아마 전혀 다를 거라고 말하려 했다. 말할 수 없었다. 말하고 싶지 않았다.

왜냐하면 나도, 아키 군과 이야기하고 싶으니까. 내일의, 더 먼, 꼬리조차 잡을 수 없는 미래의 이야기를, 질릴 때까지 하고 싶었다.

"어느 대학, 갈까."

겨우 응한 내게, 아키 군이 가볍게 웃는다.

"역시 도쿄대?"

"기념으로 원서 넣는 거야?"

"넣을 거면 진심으로 하자."

그렇게 말해도, 진심으로 목표를 잡기에는 너무 늦은 기분이 든다.

하지만 그렇지 않을지도 모른다. 우리는 아직 열여섯 살이나, 열일곱 살이거나 하다. 덮밥에서 이쪽을 보는 시라스보다 팔팔하거나 하다. 쉰 살의 배움이라는 말이 있듯이, 늦었다고 입에 담는 것은, 그야말로 성급한 걸일지도 모른다.

그런 식으로 믿어도, 벌 받을 일은 아니다.

“안전빵은 어디로 할래? 시즈오카현 내?”

“꿈이 없네.”

“이상론만으로는, 실패했을 때 곤란하니까.”

“그건 맞는 말이야. 나오는 역시 문학과가 좋아?”

“재밌을 것 같아, 문학에 대해 정식으로 배운다는 게. 뭔가, 정말로.”

있지도 않은 미래의 이야기를 할 때마다, 내 가슴은 터질 것 같아진다.

한 달 뒤. 1년 뒤, 3년 뒤, 10년 뒤. 나는 그때, 무슨 생각을 하고 있을까?

나는 아직, 무언가를 생각하는 나로 있을 수 있을까? 아키 군의 옆에 있을 수 있을까?

“잘 먹었습니다.”

목소리와 양손을 모아, 쌀 한 톨 남기지 않고 비운 덮밥 그릇에 대고 말한다.

계산을 마치고, 우리는 가게를 나왔다. 선언한 대로 아키 군이 샀다. 조금 쑥스럽고, 기뻤다.

"있잖아. 바다, 보러 가도 돼?"

"응."

다시 온천 시설 앞을 지나, 해안 쪽으로 향한다. 미련을 버리지 못하고 제3주차장을 돌아보았지만, 역시 왜가리 둥지는 찾을 수 없었다.

방조림 앞을 가로지르자, 지금까지 거의 가려져 있던 푸른 하늘과 바다가 우리를 맞이했다.

나는 가볍게 도움닫기를 해서 제방에 올랐다. 아키 군은 제방 벽면을 한쪽 발로 딛고 간단히 올라와 버렸다.

아키 군이 자세를 바로잡을 때, 나는 야이즈 방면으로 제방 위를 걷기 시작했다. 처음에는 조금 비틀거렸지만, 양손을 펼쳐 제대로 균형을 잡으려 한다.

하나, 둘, 하나, 둘.

총 길이 1.5킬로미터에 달하는 해안선을, 이쪽 끝에서 저쪽 끝까지.

"나오, 위험해."

초등학생 시절의 스나오와 릿짱이, 담력 시험을 하려고 손을 잡고 떨어져 내렸던 제방. 하지만 나는 떨어질 생각이 없었다.

"괜찮아."

아키 군은 어딘가 어이없는 눈치지만, 더 이상의 잔소리는 삼키고 뒤를 따라와 주었다.

멀리에는 깎아지른 듯한 오쿠즈레 해안이 보였다. 제방에서 바라보는 푸른 하늘에는, 랩보다 얇은 새털구름이 펼쳐져 있다. 바다는 짙은 남색에 가깝고, 부서지는 파도만이 하얗다.

내가 틀어박혀 있는 동안에도, 계절은 겨울로 향하고 있었다. 해는 점점 낮아지고, 낮은 짧아져서, 대지는 어느덧 이미 겨울의 품에 안겨 있을 것이다.

본격적인 겨울이 오면, 장갑을 끼고 싶었다. 하얀 입김을 뱉고 싶었다. 변덕스러운 눈꽃을 만지고 싶었다. 피자 호빵이 먹고 싶었다. 고기 호빵이라도 좋았다.

꿈꾸는 내 발밑을 낚아채듯, 휙 하고 바다로부터 강한 바람이 불었다.

"앗!"

예기치 못한 타이밍에 옆바람을 맞은 다리가, 비틀거린다.

"위험해!"

떨어질 뻔한 내게, 아키 군이 순간적으로 손을 뻗는다.

그 팔이, 나를 끌어안았다. 거기에 또 강풍이 덮쳐온다.

"으아, 아, 앗."

껴안은 채, 어떻게든 그 자리에 머무르려고 우리는 목소리와 움직임을 맞춰 분투했지만, 인형처럼 그 자리에서 빙글빙글빙글, 두 번의 회전을 거친 끝에, 노력은 물거품이 되었다.

너무나도 허무하게, 네 개의 다리가 땅에서 떨어져 있었다.

한순간 붕 뜨는 느낌이 들었다. 온몸에 배치된 내장이, 둥실, 하고 엉뚱한 방향으로 뜬다. 싸아, 하고 소리를 내며 핏기가 가

셨을 때는, 시야가 반전되어 있었다.

얼굴 부근에 작은 충격. 팔에 닿는 것은, 모래의 감촉일까.

이윽고 세계에는, 소리가 돌아온다. 파도 소리. 자동차 엔진 소리. 내 것이 아닌 숨결. 삐루삐루루루 하는 높은 울음소리는, 왜가리가 아니라 솔개.

반사적으로 꾹 감았던 눈을, 나는 느릿느릿 떴다.

눈꺼풀이, 코와 입이, 아키 군의 가슴팍에 붙어 있었다. 우리는 껴안은 채, 같이 모래사장으로 떨어진 것이었다.

맞닿은 서로의 몸이 이상하리만치 뜨겁다. 멀리서 보면, 깜빡깜빡 새빨갛게 점멸하고 있었을지도 모른다.

아키 군은 나보다 빨리 상황을 이해한 듯했지만, 일어나지도, 내 등을 감싼 손을 놓지도 않았다. 그 이유는, 떨리는 온몸의 감촉으로 미루어보아 명백했다.

"심장, 죽을 것 같아."

정말이지 과장된 비유였지만, 함께 떨어진 내게는 그 의미가 잘 와닿았다. 내 심장도 1초 전까지 죽어가고 있었다. 이제 와서야 혈액은 쿵쾅쿵쾅 강하게 순환하고, 모든 장기는 축제 소동을 벌이고 있었다. 식은땀이 뿜어져 나와, 멈추지 않았다.

스나오와 릿짱은, 어째서 이 높이에서 웃으며 뛸 수 있었던 걸까. 초등학생이라서 그랬을까. 아니면 단짝 친구와 함께라서, 무서운 게 하나도 없었던 걸까.

"미안해."

"일부러 그런 거 아니지?"

아키 군의 팔에 안긴 채, 나는 고개를 가로저었다. 얼굴색은 보이지 않았겠지만, 스치는 머리카락의 감촉으로 전해졌을 것이다.

"그렇겠지."

아키 군은 안도한 듯했다. 만약을 위한 확인이었을 것이다. 전과가 있으니, 불안하게 만드는 것도 당연하다.

위로하듯 등을 토닥이는 커다란 손이 따뜻하고, 다정했다. 통통, 통통통. 일정한 리듬은, 아기를 달래는 것 같기도 했다.

이 바다에서, 부서지듯 울었던 날은 지금도 선명했다. 아직 일주일밖에 지나지 않았다. 혹은, 일주일이나 지났다.

"아키 군, 나 말이야."

아키 군의 짧은 머리에서, 나와 같은 냄새가 났다. 눈이 시릴 듯한 민트 샴푸.

"외로워."

입에 담자, 그것은, 하나의 실감으로서 밀려왔다.

"료 선배가 없어서, 외로워. 학교에 가지 못해서 외로워. 스나오가 무슨 생각을 하는지 몰라서, 외로워."

외로움은, 무서움과 아주 비슷했다. 료 선배가 없어서 무서워. 학교에 가지 못해서 무서워. 스나오가 무슨 생각을 하는지 몰라서, 무서워.

스나오와는 달라. 내게는, 무서운 것투성이다.

"나, 한심하지?"

"한심하지 않아. 나도 그러니까."

코먹은 소리로 중얼거리는 내게, 아키 군이 그렇게 말했다.

"나도 외로우니까. 외로워서, 무서운 거야."

그렇구나. 나는 천천히 고개를 끄덕였다. 괴로워하는 것은, 안타까워하는 것은, 나만이 아니다. 료 선배와 보낸 나날은 추억이라 부르기에는 너무 일러서, 선명했다.

그런데도 아키 군과 릿짱은 어떻게든 앞을 보고, 한 걸음도 움직이지 못하고 있던 나를 양지로 끌어당겨 주었던 것이다.

눈을 감고, 체육관 무대를 생각했다. 울면서 미소 짓는 료 선배를 생각했다. 이제 막 찾아낸 그 사람은, 이제 추억 속에서밖에 만날 수 없다.

그리고 사라져 가는 그 모습에, 우리는, 우리 자신을 겹쳐보고 있었던 것이다.

"저렇게 내가 없어지는 거, 난 싫어. 무서워."

나를 끌어안은 손에 힘이 들어간다. 떨어지고 싶지 않다고 호소하듯이.

스나오와 사나다 군은 아무리 상상해도 이해할 수 없을 것이다. 우리가 얼마나 겁에 질려 있는지. 무섭고, 또 무서워서 어쩔 줄 모르는지를.

제방 위보다도, 바닷속보다도, 훨씬 불안정하게 자꾸 흔들리는 레플리카. 변덕스러운 말 한마디에 덧칠당하는 현실이, 영문을 알 수 없을 정도로 무서운지를.

"무섭네."

"응. 무서워."

말에는 힘이 깃든다. 말로 해버리면 돌이킬 수 없는 일도 있다. 하지만 사람은, 공포를 나누지 않으면 살아갈 수 없다.

나는 아키 군의 가슴팍에, 강하게 머리를 기댔다. 무섭네, 무서워. 우리는 그렇게 아픔을 나누었다. 넘쳐흐를 듯한 고통을 반으로 나누면서, 둘이서 쌓은 말의 탑이 무너지지 않도록, 떨림을 억누르고 있었다.

문득 머리 위에서, 삑 하고 피리처럼 날카로운 소리가 들렸다.

움찔. 아키 군의 어깨가 움직인다. 나도 놀라서 올려다보니, 지나가던 모르는 아저씨가 휘파람을 불고 있었다.

"청춘이네, 젊은이!"

엄지손가락을 척 세운다.

'네, 청춘입니다' 라고 대답하기에는, 우리에게는 인생 경험이라는 것이 압도적으로 부족했다.

기분 좋은 듯이 떠나가는 아저씨를 말없이 배웅하는 내 귀에, 아키 군의 작은 목소리가 닿았다.

"저 사람, 사우나에서 본 아저씨야."

"어, 진짜?"

"사우나에서 같이 『히루난데스![1]』 봤어. 아저씨, 대만 카스텔라 먹어 보고 싶대."

엄청나게 아무래도 좋았다.

"풉, 후후. 아하하."

참지 못하고, 나는 웃음을 터뜨리고 말았다. 톡톡 하고 똑같이

1 히루난데스! : 일본의 정보 및 버라이어티 TV 방송 프로그램. 낮 12시 전후에 방송 시간대가 있다.

웃는 아키 군의 가슴팍을 두드린다.

뭐야 그게. 대만 카스텔라라니.

한바탕 웃고, 눈물이 맺힌 눈가를 닦고 나서, 겨우 일어선다. 서로의 처참한 꼴을 빤히 확인하고, 또 웃어버린다.

"모처럼 온천에 갔는데, 모래투성이네."

"그러게."

우스웠다. 이래서는 온천에 몸을 담근 의미가 없다.

하지만 무의미하지는 않다. 온천과 해산물 덮밥으로 따뜻해진 몸의 중심은 뜨끈뜨끈해서, 땀까지 날 정도였다. 아무리 추운 날이 찾아와도, 이 막이 있는 한, 내가 얼어붙을 일은 없다고 생각될 정도로.

옷이나 피부에 붙은 모래를 툭툭 털고 나서, 아키 군이 기지개를 켠다.

"좋은 생각 났어."

"응?"

"우리도 둘이서 수학여행, 갈까."

나는 눈을 반짝였다.

11월 17일부터는, 2학년의 수학여행이 시작된다.

목적지는 교토. 스나오와 사나다 군이 간다면, 우리는 갈 수 없는 행사다. 거기서 생각하길 포기하고 있었는데, 아키 군은 대단하다. 어떻게 그렇게 멋진 것을 떠올리는 걸까.

"2박 3일 숙박 여행?"

기쁨에 들뜬 목소리로, 중요한 것을 확인한다. 17일부터 19

일이, 수학여행 일정이니까.

고개를 끄덕여 줄 거라 생각했던 아키 군은, 어중간한 데서 움직임을 멈추고 만다.

오른손 손가락이, 뺨을 긁적였다. 그것이 난처할 때 보이는 버릇이라는 것을, 나는 오래전부터 알고 있다.

"거기까지는 생각 못 했어……. 숙박은 역시 그만두자."

"어째서? 나, 가고 싶어!"

의기양양하게 대답하고, 조금 부끄러워진다.

"아키 군이랑 가고 싶어, 숙박 여행…… 안 돼?"

쭈뼛거리며 다시 말했다. 불안해진 나는, 곁눈질로 아키 군을 올려다보았다.

특별한 제안에, 나 혼자 들떴을까.

하지만 수학여행이라고 이름 붙인다면, 당일치기로는 부족하다. 이왕이면 역시 숙박해서, 시간을 신경 쓰지 않고, 마음껏 즐기고 싶다.

"안 되는 건, 아니지만."

말하길 망설이는 아키 군에게, 나는 몸을 앞으로 기울이며 파고들었다.

"그러면, 괜찮아?"

"그렇지……."

해냈다.

그 자리에서 점프할 뻔한 것을 어떻게든 참고, 제안한다.

"그럼 나, 가고 싶은 곳 있어."

"어디? 하와이?"

아키 군은 오늘 농담을 많이 한다. 하지만 내가 가고 싶은 곳은, 해외도 오키나와도 홋카이도도 아니고, 하물며 교토도 아니다.

단 하나뿐이었다.

"마계의 목장."

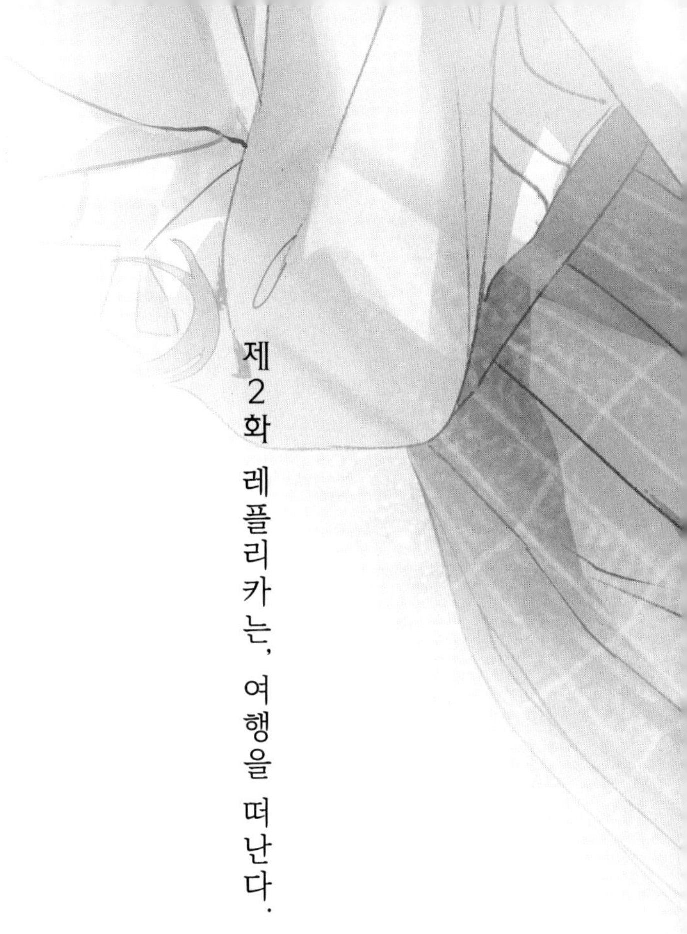

제2화 레플리카는, 여행을 떠난다.

◆ ◆

수학여행 당일 아침은 오전 7시 반에 시즈오카역 북쪽 출구 택시 승강장 부근에 집합한다.

전날 밤, 회색 보스턴백과 이날을 위해 새로 산 네이비색 숄더백 각각에 안내서를 보며 짐을 쌌다.

체크란에 체크 표시를 하면서, 하나씩 필요한 것을 넣어간다.

교토가 얼마나 추울지는, 날씨 앱을 봐도 잘 알 수 없었지만, 아빠는 겨울의 교토가 좌우지간 춥다고 겁을 줬다. 일단 충고를 받아들여, 가을용 코트와 두꺼운 내복을 챙겨가기로 했다.

여름이 올 때마다, 빨리 겨울이 오라고 생각한다. 겨울이 올 때마다, 빨리 여름이 오라고 생각한다. 반년 전의 자신을 괴롭혔던 기온을, 내 뇌는 이미 기억 저편으로 몰아내 버렸다.

큼직한 가방에는 안쪽에도 바깥쪽에도 수많은 주머니가 달려 있다. 어디에 휴지를 넣고, 반창고나 상비약을 넣었는지 중간부터 헷갈리면서도, 나는 평소보다 한 시간 일찍 누웠다. 결국, 잠든 시간은 평소와 같았다.

다음 날은 오전 5시 3분 전, 알람이 울리기 전에 눈을 떴다.

내가 스스로 일어나자, 엄마는 믿기지 않는다는 얼굴을 하고 있었다.

"하면 되잖아." 하는 미묘한 칭찬을 들으며 세수를 한다. 내가 일어나는 시간에 엄마 아빠가 집에 있는 것은 드물어서, 조금 신선한 기분이 든다.

"그러고 보니 결과는? 도착했어?"

"아직. 여행 중에 올지도."

"어머, 그러니?" 하고 세면장 뒤에 선 엄마가, 빰에 가볍게 퍼프를 두드리며 말한다. 비용을 내준 것도 있어서, 결과가 신경 쓰이는 모양이다.

어젯밤 편의점에서 사둔 빵을 재빨리 먹고 나서, 꼼꼼하게 몸단장을 한다. 이런 날에 한해서 옆머리가 뻗쳐서, 짜증을 내며 고데기로 잠재워 주었다. 시간은 놀라울 정도의 속도로 지나가고, 거울과 씨름하는 사이 집합 시간 한 시간 전이 되었다.

집에서 가장 가까운 모치무네역까지는 걸어서 딱 10분. 운행 지연은 딱히 발생하지 않은 듯하지만, 일찌감치 집을 나서기로 했다.

나는 일단 2층으로 돌아가, 평소처럼 나오를 불렀다. 눈을 깜빡인 뒤 나타난 나오는, 나와 완전히 똑같은 차림을 하고 있다.

옆머리가 잘 정리된 것이, 나는 조금 부러웠다.

"다녀올게."

"스나오, 잘 다녀와."

내가 그런 생각을 하고 있다는 것도 모르고, 나오는 오랜만에 미소 짓는다. 그 미소에 넋을 잃을 뻔한 나는, 괜히 퉁명스럽게 문을 닫고 방을 나온다. 곧바로 두 개의 가방이 각각 벽에 부딪혀서, 작게 혀를 찼다.

화장실에 들르고, 부모님께 인사하고 나서 집을 나선다.

수학여행 중, 나는 나오를 부르지 않을 생각이었다. 부모님은 낮 시간에 부재중이지만, 일이 끝나면 당연히 귀가한다. 나오가 아무리 기척을 죽이려 해도, 식사나 화장실 소리 등을 완벽하게 지우는 것은 불가능하다.

하지만 나오는, 자기도 아키 군과 여행을 갈 거라고 말했다. 목적지에 대해서는 후지노미야 방면이라는 얘기만 들었다.

역까지 걸으면서, 나는 생각한다. 고2 여학생이, 남자 친구와 숙박 여행을 가는 것은, 과연 어떤가 하고.

젊은 남녀가, 단둘이서 여행. 무슨 사고가 일어나지 않으리란 법은 없다. 하지만 그것을 전했을 때의 나오는 최근의 울적한 얼굴이 거짓이었던 것처럼 즐거워 보였기에, 나는 고지식한 어른 같은 쓴소리를 할 수 없었다.

그건 그렇고, 나는 마지막으로 남자애와 손을 잡은 것이 초등학교 4학년 소풍이 마지막이다. 딱히 남자 친구를 바란 적은 없지만, 나오만이 고등학생답게 연애 경험을 착실히 쌓고 있다고 생각하니, 말로 표현할 수 없는 기분이 들었다.

저 두 사람이 어디까지 갔는지는 모르지만, 좌우지간 아키는 선을 지키고, 강한 인내심을 유지해야 한다…….

염원하는 나의 뺨과 목덜미를, 놀라울 정도로 차가운 바람이 스쳐 지나간다. 이제는 완전히 겨울이라는 생각이 든다.

계절의 변화를, 지금까지는 별로 의식하지 않았다. 멋대로 봄이 오고, 여름이 되고, 가을이 지나면 겨울이 된다. 내게는 그 반복이 사계절이라고 부르는 것이었다.

하지만 문득 올려다보면 하늘이 멀게 느껴지곤 한다. 아스팔트를 밀어 올리고 자란 잡초의 강인함에 압도당하다 보면, 지금껏 공사 중인 줄 알았던 신축 주택에서, 아기의 건강한 울음소리가 들려오기도 한다.

눈을 돌려 자세히 바라보면, 세계는 확실히 조금씩 색이 달라지고 있다.

노랗게 물든 등나무 덩굴 아래를 지나 모치무네역에 도착한 나는 개찰구 밖 자판기에서 따뜻한 녹차를 샀다. 너무 느긋하게 걸었다고 생각했는데, 다음 전철이 오려면 시간이 더 있었다.

승강장에선 이제부터 출근일 듯한 정장 차림의 사회인, 그리고 귀여운 교복을 입은 초등학생 남자애가 보였다. 좁은 승강장을 둘러보아도 낯익은 스루세이 교복은 나 말고 없었다.

애초에 모치무네역 근처에 사는 학생이 적을 뿐이다. 그렇게 나 자신을 타이르지만, 불안은 가시지 않는다.

이럴 때 혹시 한 시간 일찍 왔나? 하루를 착각했나? 같이, 터무니없는 불안을 느끼는 것은 나뿐일까.

안내서를 보고, 스마트폰을 확인하고, 시간도 날짜도 틀리지 않았다는 것을 확인하고 있자, 승강장에 안내 방송이 나오기 시작했다. "잠시 후 3번 승장장으로 전철이 들어옵니다. 위험하오니, 노란 선 안쪽으로, 물러나 주십시오……."

어쩐지 줄 같은 것을 형성하고 있는 곳의 맨 뒤에 서서, 나는 눈앞을 지나쳐 가는 차창에 시선을 집중했다. 같은 교복을 찾으려 했지만, 전혀 찾을 수 없다.

열린 문으로 조심조심 타자, 같은 차량 안에 몇몇 아는 얼굴이 있어서 조금 안도했다.

빈자리는 거의 없다. 그래도 시즈오카역까지 여기서 단 7분이다. 푸슉 소리를 내며 문이 닫히고, 전철이 천천히 움직이기 시작했다. 보스턴백을 발 위에 놓은 나는 손잡이를 잡고서 자연스럽게 차량 안을 관찰한다.

스루세이 교복은, 무슨 특수한 페인트라도 칠한 것처럼 내 눈으로 바로 찾아낼 수 있었다. 집합 장소에 도착하기 전에 각자 약속을 잡았는지, 두세 명씩 뭉쳐 있는 아이들이 많다.

그 아이들의 대화가, 여행 전의 흥분을 감추지 못하는 들뜬 목소리가, 낮은 천장을 타고 내 고막을 흔든다.

"교토는 처음이야."

"기대된다."

"선물 뭐 살 거야?"

"스위치 가져왔어."

"나, 이번 여행 중에 고백할 거야!"

소풍 전 초등학생처럼 들뜬 목소리의 물결이, 머리 위를 흘러 사라져 간다. 나는 손잡이를 쥔 손에 힘을 꾹 주었다.

창밖을 쏘아본 채로, 괜찮다고 나 자신을 타이른다. 차창으로 들어오는 햇빛에 눈 안쪽까지 자극받는 동안 아베카와역을 출발하고, 시즈오카역에 도착해 있었다.

스마트폰 화면을 보니, 오전 7시 3분이었다.

열리는 문으로, 아베카와역과는 비교도 안 될 정도로 많은 사람이 쏟아져 나온다. 나는 인파에 휩쓸리듯 하차하여, 같은 교복을 입은 학생들을 뒤쫓듯이 북쪽 출구로 향한다.

집합 장소인 택시 승강장 앞에는, 이미 2학년이 집결해 있었다. 모치무네역에서 본 드문드문한 줄과는 달리, 남녀 각 두 줄씩, 학급별 번호순으로 앉아 있다.

학년 집회와 같은 배열이다. 그렇다고 해서 격식 차린 분위기가 흐르는 것은 아니고, 가까운 사이끼리 제멋대로 이야기하고 있어서, 그곳만이 왁자지껄하게 떠들썩하다.

'아이카와 스나오' 는 2학년 1반의 출석 번호 1번이라서, 틈새에 몸과 짐을 비집고 들어갈 필요 없이, 뻥 뚫려 있는 맨 앞자리에 간단히 앉을 수 있다.

'아이우치' 씨라도 있었다면 2번이 될 수 있었겠지만, 초등학교부터 지금까지, 어떤 반에서도 2번 이하가 된 적은 없었다. 특기도 취미도 없는 내가, 노력하지 않고도 유일하게 1등이 될 수 있는 것이, 이 출석 번호였다. 쟁취한 것이 아니기에, 누구에게도 칭찬받는 일은 없다.

하지만 1번은, 해야 할 일이 많다. 일정한 책임도 멋대로 따라다닌다. 청소 당번이나 주번, 수업 중에 지목당하는 순서는 1번부터거나, 혹은 1번과 마지막 출석 번호 학생이 가위바위보로 정하거나 한다. '아' 나 '와' 로 시작하는 성은, 학교생활에서 다른 성보다 조금 손해 보는 일이 정해져 있다.

여자애들은 치마가 더러워지는 것을 싫어해서, 흔히 말하는 불량학생 자세로 앉아 있는 아이가 많았지만, 나는 신경 쓰지 않고 다리를 모아 쪼그려 앉았다. 다리를 벌리고 앉으면, 무릎 뒤에 땀이 차서 불쾌해지기 때문이다.

인솔하는 선생님들이 목소리를 높여, 잡담을 멈추라고 외친다. 각 학급의 반장들이 일어서서, 자기 반 출석 번호 1번에게로 향한다.

앞줄까지 온 사토와 눈이 딱 마주쳤다.

"안녕, 아이카와. 잘 지내?"

"대충."

"다행이네."

'대충' 이라는 대답에 다행이라고 대답하는 반장은 사토밖에 없을 것이다.

"그러면, 번호!"

사토의 '그러면' 부근에서, 나는 숨을 날카롭게 들이마시고 있다.

"하나!"

나는 배에 힘을 주고, 최대한 큰 목소리를 낸다. 둘, 셋, 넷, 하고 다음은 저절로, 도미노처럼 이어질 뿐이라, 나는 진심으로 안도하고, 뻣뻣해진 어깨에서 힘을 뺐다.

학급 점호를 다 마친 사토와 건강 상태를 확인하고 다닌 부반장 오츠카가, 담임 선생님에게 보고하러 간다.

각 학급의 확인이 끝났을 때, 교장 선생님이 인사를 위해 앞으로 나왔다. 택시 승강장 앞의 통행인이, 그리운 듯한, 어딘가 부러움마저 느껴지는 눈빛으로, 우리와 교장 선생님을 힐끗 보고 지나쳐 간다.

“올해는 결석한 학생이 한 명도 없는 것 같군요. 평소 잘한 덕분입니다.”라고, 교장 선생님이 미소를 띠며 말한다. 스루세이 교장 선생님의 좋은 점은, 이런 행사에서 인사가 극단적으로 짧다는 점이다. 나쁜 점은 2, 3분의 인사에서 드러나는 인품 말고는 아무것도 몰라서 딱히 떠오르지 않지만.

마지막으로 학년 주임 선생님이 구두로 주의 사항을 전파한 뒤, 5반부터 순서대로 일어나 신칸센(고속철도) 탑승장으로 이동한다.

신칸센 좌석은 출석 번호순으로 정해져 있고, 돌아올 때도 차량 번호와 좌석이 완전히 똑같아 알기 쉽다. 친한 학생끼리 뭉치는 것은 거의 불가능하지만, 이것은 이동 중의 트러블을 싫어한 선생님들의 책략일 것이다.

짐칸에 보스턴백을 밀어 넣고 나서 잠시 후, 시즈오카역을 출발해 신오사카로 가는 신칸센 히카리호가 출발했다. 장난으로 소리를 지르는 학생이 곧바로 다른 승객에게 피해를 준다며 선생님께 꾸중을 듣고 있다.

나는 진행 방향을 향해 완만하게 흘러가는 경치를 멍하니 바라보며, ‘아아, 수학여행이 시작되었구나.’ 하고 생각했다.

◇ ◇

나는 스나오보다 두 시간 가까이 늦게 모치무네역 승장강에 서 있었다.

부모님이 출근하시고, 다른 학생들과도 마주치지 않을 시간대다.

공기는 차갑지만, 날씨는 그야말로 수학여행 가기 딱 좋은 날씨. 하지만 산의 날씨는 변덕스럽다고 하니 요주의. 나는 메고 온 배낭에, 접이식 우산도 잘 챙겼다.

발권기에서 후지노미야까지 가는 표를 산다. 편도 990엔. 지금까지 샀던 것 중에서 가장 비싼 그 표는 개찰구를 통과한 다음 잃어버리지 않도록 배낭 안쪽 주머니에 넣어두었다.

한산한 승장강에, 야이즈역에서 온 상행 전철이 들어온다. 나는 한층 더 마음을 다잡고, 그 차체를 바라보고 있었다.

약속 장소는 모치무네 8시 50분발 상행 전철, 그 맨 앞 차량이다. 나는 스마트폰이 없어서, 아키 군과 만날 수 있을지는 그가 예정된 전철과 차량에 탔느냐에 달렸다.

만날 수 있을까? 만나게 해주세요.

그리고 아키 군은 바로 찾을 수 있었다.

문이 열리기도 전에 우리 눈이 마주쳤다. 아키 군은 문 바로 앞에 서 있었다. 잘 합류하기 위한, 간단하고 확실한 방법이었다.

빨리 열리라고 염원한 순간, 응답하듯이 전철이 입을 열어 주었다.

"아키 군!"

"안녕."

가볍게 손을 흔든다. 5일 만에 보는 아키 군은, 짧은 인사만으로 내 마음을 진정시키는, 신기한 힘이 있는 듯했다.

통근 시간이 지나서인지, 차내에는 드문드문 앉은 사람만 보였다.

우리는 문 옆에 있는 2인용 좌석에 앉았다. 둘 다 메고 있던 배낭을 무릎 위에 올리자, 커플 아이템 같아서 기쁘다.

나를 보고 눈웃음을 지은 아키 군이, "귀엽네."라고 말했다. 애써 말로 잘 표현해 주는 걸 아니까, 나도 부응하고 싶어진다.

"당신도, 멋집니다."

"왜 존댓말이야?"

"후후후."

왜냐하면, 아무렇지 않게 말하는 건 부끄러우니까.

이번에는 아키 군이 움직이기 편한 복장으로 오라고 해서, 나는 하얀 터틀넥 니트와 카키색 치노 팬츠 차림이다. 신발도 굽이 낮은 스니커즈 운동화를 신었다. 추위 대책으로는 기모로 된 내복과 일회용 손난로를 챙겨왔다. 손난로를 제외하고는 스나오가 빌려준 것이다.

아키 군은 회색 스웨트 후드에, 데님 팬츠를 입었다.

서로 심플하고, 캐주얼한 옷차림이다. 딱 지금부터 목장에 가겠다는 느낌이다.

차창 너머로는, 주택가가 끊이지 않는다. 목장에서 가장 가까운 역인 후지노미야역까지는, 환승을 포함해 편도 한 시간이 넘게 걸린다. 거기서는 버스를 탈 예정이다. 다음은 시미즈역, 시미즈역…….

"맞다. 아키 군, 이거 받아."

나는 배낭 바깥에 넣어두었던 그것을 꺼냈다.

이렇게 말하긴 뭐하지만, 오늘까지 나는 그야말로 한가했다. 손꼽아 세면서, 오늘이라는 날을 기다렸다. 계속 기다렸다. 더더욱 시간이 길게 느껴져서, 괴로워졌다.

거기서 떠올린 것이다.

"수학여행 안내서, 만들어 봤어."

"일부러?"

"응. 일부러."

아버지 방에는 프린터가 있지만, 모처럼 하는 거니까 손으로 만들어 봤다. 시간만큼은 넉넉했으니까.

남아 있는 크래프트지를 찾아내고, 프린터에서는 프린트 용지만 몰래 빌려서, 나는 두 사람 몫의 손글씨 안내서를 만들어 나갔다.

제목은 그대로, 수학여행 안내서. 왼쪽 위는 아일렛으로 마감해서, 조금 세련되게 완성되었다고 생각한다.

안내서가 있으니까 여행이라는 실감이 샘솟고, 더더욱 고대되는 바람에 카펫을 몇 번이나 뒹굴었던 것은, 아키 군에게 비밀이다.

"봐도 돼?"

안내서를 받은 아키 군의 목소리는 평소보다 들떠 있었다.

"물론이지."

그러라고 준비한 것이다.

레이아웃은 스나오가 가진 안내서를 참고했다. 내가 만든 여행 안내서는, 학교에서 배부된 파란 책자에 비해 훨씬 얇다.

펼친 첫 페이지에는, 검은색 마커와 볼펜을 구사해서 수학여행의 지표가 되는 슬로건을 적었다.

"『신나게 놀자』."

아키 군이 소리 내어 읽는다. 나는 갑자기 부끄러워져서, 입술을 오므렸다.

"다른 게, 생각이 안 났어……."

"『신나게 놀자』."

"다음!"

옆에서 손을 뻗어, 억지로 페이지를 넘겼다.

다음 페이지부터는 이번 여행의 목적이 있다. 료 선배가 안내해 준다고 했던 마계 목장을 알기. 후지노미야의 매력을 접하기.

그리고 여행의 동반자와 멋진 추억을 만들기…… 등등.

"추억."

"으, 응."

"나와의 멋진 추억 말이지?"

"다음!"

일정에 대해서는, 대부분이 공백이다.

적힌 것은, 아키 군이 알아봐 준 행선지의 전철과 버스 시간뿐. 아직 묵을 숙소도 정하지 않았기 때문이다. 애초에 고등학생끼리 호텔에 숙박하려면, 친권자의 동의가 필요하다고 한다.

물론, 아이카와 스나오와 사나다 슈야는 수학여행을 갔으니까, 부모님께 부탁해서 동의서를 받아올 수는 없다.

이대로라면 결국, 우리 수학여행은 당일치기 여행이 될지도 모른다. 아쉽지만, 어쩔 수 없다고도 생각한다.

안내서를 한가롭게 읽고 있던 아키 군이, 어떤 페이지에서 웃음을 터뜨렸다.

"여기만, 글씨가 빽빽하게 있네."

소지품 체크 페이지다. 나는 호들갑스럽게 한숨을 쉬었다.

"사실은 이거, 여행 전에 주고 싶었어. 아키 군, 깜빡하는 물건이 많을지도 모르니까."

나는 구석구석 사전 체크를 해두었다. 용돈은 교통비와 숙박비를 포함해서 5만 엔까지. 간식은 짐이 되므로, 현지 조달으로 제한할 것.

"여행 위원님, 체크해 주시겠습니까?"

"어디, 실례하겠습니다."

배낭을 받으려던 참에, 아키 군이 말했다.

"이틀 치 속옷도 있는데."

나는 받으려던 짐을 도로 밀어냈다.

"얼굴이 빨간 걸 보니, 열이 있는 것 같네. 여행 위원님, 상비약은 챙겼습니까?"

정말이지, 시끄러워.

여행으로 신이 났는지 까부는 아키 군의 팔뚝을 꼬집어 주었다. 유감스럽게도 두꺼운 옷감에 막혀 스웨트 셔츠를 꽉 쥔 것에 그쳤지만.

마지막 페이지까지 다 본 아키 군이, 고개를 갸웃하고 있다.

"잘못 본 걸지도 모르지만, 맨 뒤에 감상문 페이지가 네 페이지나 있는 것 같은데……."

"다 채워서 제출할 때까지, 돌아갈 수 없다는 규칙이라서요."

자세를 바로잡은 나는 엄격한 말투로 그렇게 고했다. 이번 수학여행의 유일하고 절대적인 규칙인 것이다.

"진짜냐." 하고 아키 군이 웃는다. 나도 따라 웃어버린다.

교토 수학여행처럼, 셀 수 없을 정도의 견학 장소를 예정하고 있는 것은 아니다. 어쨌든 마계 목장, 일단 마계 목장, 이라는 식의 성급한 출발로, 우리는 출발했다.

정 안 되면 목장에 대해서만, 네 페이지를 써야만 한다. 하지만 실제로는, 그 페이지로는 부족할 거라고 본다.

"그나저나 수학여행인데 목적지가 같은 현인 건, 조금 그랬으려나?"

"뭐가?"

나는 웅얼웅얼 말을 이었다.

"조금…… 아까웠으려나 해서."

안내서를 만들고 있을 때, 문득 생각한 것이다.

나는 지금 어디든 갈 수 있는 표를 한 장만 받을 수 있다면, 다른 어디도 아니고 역시 후지노미야시에 가고 싶다.

하지만 아키 군은 어떨까? 사나다 군네가 지내고 있는 교토에 가보고 싶었던 것은 아닐까? 내 의사를 존중해서, 무리해서 어울려주고 있는 것은 아닐까?

고도(古都) 교토. 그곳은 온갖 관광 명소나 경승지가 모여 있고, 맛있는 것도 많은, 대단한 곳이라고 한다. TV에서 보는 한 국내에서도 1, 2위를 다툴 정도의 인기 여행지라고 해도 과언이 아닐 것이다.

"진짜 조금 그런 말, 해도 돼?"

불평을 들을 각오는 됐다. 나는 크게 고개를 끄덕였다.

"나오랑 함께라면, 어지간하면 어디든 괜찮아. 나는."

아키 군은, 부드럽게 수줍어하며 말을 이었다.

"그리고 나도, 료 선배의 고향에 가보고 싶었으니까."

"응……."

진심에서 우러나온 말임을 알았기에, 나는 고개를 끄덕여 화답했다.

"뭐, 나오가 료 선배를 너무 좋아해서, 좀 질투 나지만."

아키 군이 내 어깨에 가볍게 부딪혀 온다. 나는 조금 세게 되받아친다.

덜컹덜컹. 차체가 흔들릴 때마다 우리는 비틀거리며, 같은 방향으로 흔들렸다.

하프업 머리도 춤춰서, 마치 2인용 그네에 타고 있는 것 같았다. 초등학생도 신나지 않을 법한, 소소한 장난이었다.

료 선배에 대한 호감과 아키 군에 대한 호감은, 형태가 전혀 다르다. 아키 군에 대한 호감은 다른 호감과 겹치지 않는 곳에 있는데, 그런 것도 모르는 걸까?

그런 점이, 한없이 귀엽다고 생각한다.

나는 새로운 아키 군을 알게 될 때마다, 앞으로도, '아아, 좋아라' 라고 생각하겠지. 이대로 너무 좋아하게 되면, 가슴이 펑크 나 버릴지도 몰라서, 아키 군에게 출력을 조금만 더 낮춰달라고 하고 싶다는, 바보 같은 생각을 한다.

아키 군은, 어떨까?

아키 군에게, 나는 귀여울까? 펑크 날 것 같을까? 그랬으면 좋겠다. 그렇듯 더 바보 같은 생각을 하고 있자니, 아키 군이 "앗." 하고 소리를 냈다.

설마 내 마음의 소리가 밖에 샌 건 아닐까, 하고 깜짝 놀랐다.

"다음, 후지역. 환승이야."

"어? 벌써?"

배낭을 메고, 우리는 황급히 전철에서 내렸다.

JR 토카이도 본선에서, 다음은 미노부선으로. 홈에는 코후행 첫 전철이 기다리고 있었다. 전광판을 올려다본 나는, 고개를 갸웃거린다.

"원맨이라고 쓰여 있네."

평소라면 '보통' 표기만 있는 부분에, 보통[원맨]이라는 낯선 표기가 있다.

세간에서 말하는 원맨 사장 같은 전철을 상상해 본다. 어쩌면 내리고 싶다고 부탁해도 후지노미야역에서 내려주지 않는다거나…… 막무가내로 종점인 코후까지 간다거나…….

"원맨 전철이란, 차장이 타지 않고 운전사 혼자 운행하는 전철을 말한대."

멈춰서 스마트폰을 만지고 있던 아키 군이 가르쳐 준다. 전혀 달랐지만, 다행이었다.

"역에 따라서는, 문도 옆에 있는 버튼을 누르지 않으면 안 열린대."

"맡겨줘. 나, 잘 누를 거니까."

가슴을 탁 치고 전철에 타자, 연두색 박스형 좌석이 맞이해 주었다.

모치무네역에서부터 따라온 후지산은, 여기에 와서 한층 더 커져 존재감을 더하고 있었다. 산 정상에 걸린 구름이나 산비탈까지 선명하게 보여 아름답다.

역시 후지역. 후지를 이름에 쓴 지역에서 보이는 후지산은 한결 다르다.

들어본 적 없는 역에 몇 번인가 정차하면서, 후지노미야역에는 20분 뒤에 도착했다.

참고로 하차 시에는 다른 사람이 익숙하게 버튼을 눌러 주어서 순조롭게 문이 열렸다.

"나오 차례는 없었네."

"돌, 돌아갈 때는 꼭 누를 거야."

팔을 빙빙 돌려, 의욕을 어필해 두었다.

버스 운행 횟수 관계상, 하차역은 신후지가 아니라 후지노미야. 아키 군에 따르면 계절상, 목장으로 가는 버스는 부쩍 줄어든다고 한다.

후지노미야역 2층의 북쪽 출구를 빠져나와 직통 육교를 걷는다. 안내판에 따르면 왼쪽 계단 아래에 버스 정류장이 있는 모양이다.

15분 뒤에 올 예정인 버스는, 당연하게도 아직 없었다.

벽돌색 통로를 나아가, 무심코 운행 노선도를 본 나는, 거기서 멈춰 섰다. 마카이노 목장이라는, 낯선 표기를 보았기 때문이다.

"마계 목장을 히라가나로 썼네."

이건 대체 무슨 일일까.

한자로 쓰지 않은 것은, 무슨 의도가 있는 걸까. 아니면 초심자를 속이기 위한 교묘한 함정인가. 턱에 손을 대고 의심스러운 듯이 바라보고 있자, 아키 군이 정답을 알려주었다.

"실은 마카이노 씨가 주인인 목장이라서, 마카이노 목장이래. 말을 기르는 들판이라고 써서, 마카이노(馬飼野)."

나는 해설을 듣고 김이 빠졌다.

"마계에 있는 목장이 아니었구나……."

후지노미야에 이세계로 통하는 문이 열렸나 하고 가슴을 두근거리고 있었는데.

'마카이노 목장' 하고 마음속으로 중얼거려 본다. 순식간에 암흑이 문은 딘히고, 서싯말처럼 평온한 고원의 바람을 뺨에 느낄 수 있으니, 나 자신도 수수께끼다.

"그보다 료 선배, 그럴 거면 그렇다고 말해주면 좋았을 텐데."

"반응이 좋으니까, 일부러 숨겼던 거겠지."

"아키 군도, 눈치챘으면 빨리 말해주면 좋았을 텐데."

"반응이 좋으니까, 일부러 숨겼던 거야."

정말 짓궂은 사람들이다. "정말이지." 하고 나는 볼을 부풀린다. 토라진 척을 해보아도, 얼굴의 대부분은 웃고 있었다.

료 선배를 생각하고, 그 이름을 입에 담으면, 가슴속에 아픔이 스친다. 자칫하면 울고 싶어지는 순간이 있다. 아마 아무리 시간이 지나도, 그것은 변하지 않을 것이다. 그 사람을 생각할 때 안도감만 느끼는 일은, 이제 두 번 다시 없다.

그래도 나는, 매일이 아니더라도 누군가와 이런 식으로 료 선배의 이야기를 하고 싶다고 생각했다. 그 사람이 무슨 말을 하고, 어떤 표정을 지었는지, 뇌리에 떠올리고 싶다고 생각한다. 몇 년 뒤에도, 몇십 년 뒤에도, 그러고 싶었다.

버스를 기다리는 다른 사람들처럼, 대합실에서 한가롭게 있어도 좋았지만, 기왕이니까 각 노선도를 둘러본다.

우리가 탈 예정인 후지큐 버스는 마카이노 목장뿐만 아니라, 시라이토 폭포, 모치야 유원지, 후지큐 하이랜드 등에 가는 데도 편리한 버스인 모양이다. 어디에도 가본 적은 없지만, 후지큐에서 반사적으로 폐병원을 떠올리는 바람에, 온몸에 소름이 돋아버렸다.

다른 노선에서는 칸사이 지방행 야간 버스도 다니는 모양이라 놀랐다. 목적지에는 교토나 오사카의 글자가 있다. 한 대의 버스로 수학여행 중인 스나오가 있는 곳까지 다다를 수 있다니, 신기해서 견딜 수 없었다.

지금쯤, 스나오는 어쩌고 있을까? 슬슬 교토에 도착했을 무렵일까? 몸이 아프진 않을까? 잊은 물건은, 없을까?

잠시 의도적으로 멀리했던 스나오의 기억을 더듬어 본다. 수학여행은 사나다 군, 요시이 군, 사토 양과 같은 조. 견학 장소에 대해 다 함께 조사하고, 충실한 매일을 보내고 있는 듯했다.

청릉제를 준비했던 나날은, 이제 환상처럼 멀다.

하지만 나는 마음 한구석에서, 스나오가 또 나를 의지하기를 기다리고 있다. 배가 아파진 스나오가, 전부 귀찮아진 스나오가, 지금까지와 똑같이 내게 맡겨 주기를…….

"나오?"

내가 잠시 입을 다물고 있었기 때문인지, 이름이 불렸다.

이기적이고 성가신 나 자신에게 쓴웃음을 짓고 나서, 나는 손가락으로 가리켰다.

"아키 군. 버스, 왔어!"

1분 1초. 마카이노 목장은, 점점 가까워지고 있다.

지금은 그저, 둘만의 수학여행을 힘껏 즐기고 싶다.

Side Story 후배는, 기다린다.

1교시 쉬는 시간, 리츠코는 교실에서 책을 읽고 있었다.

좋아하는 라이트노벨의 최신간이다. 어젯밤부터 읽기 시작하고, 뒷이야기가 너무 궁금해서 북커버를 씌워 학교에 가져왔다. 고작 10분의 쉬는 시간, 무언가에 쫓기듯이 페이지를 눈으로 좇고 있는 것은 그 때문이다.

주위에는 그런 학생이 몇 명 있다. 학교가 제공한 가을 아침 독서 시간은 몇몇 학생에게 독서의 습관화를 성공시킨 모양이다.

가슴을 뜨겁게 하는 이야기의 세계에 잠기며, 마음 한구석에서 리츠코는 다른 것을 생각하고 있었다.

존속이 위태로웠던 문예부지만, 아카이 선생님께 들은 바로는 그 이야기도 흐지부지된 모양이다. 교사들을 설득하겠다고 호언장담했던 료는 그 직후에 사라지고 말았으니까, 대신 움직여 준 사람은 아마 부회장인 슌일 것이다.

혹은 학교 측도 문예부에 신경 쓸 때가 아니라는 걸지도 모른다. 그래도 고맙다는 말을 하고 싶어서 교실을 찾아가 봤지만, 그 선배는 이번 주부터 학교를 쉬고 있다고 한다. 그 이유는 생각할 필요도 없이 짐작이 가서, 어쩔 수 없이 기분이 가라앉았다.

이야기 속에서는 사람의 죽음이라는 것을 몇 번이고, 그야말로 당연한 것처럼 듯이 그렸다. 사자분신과 같은 마지막 활약, 스러져 가는 동료가 살아남은 자에게 남기는 인상적인 말을, 욕조에 몸을 담그고 골똘히 생각한 밤도 있다.

최근의 라이트노벨 장르에선 그런 하드코어 세계관의 이야기가 인기가 있기도 하다. 지금 읽고 있는 것도 그런 장르다. 소중한 사람을 잃고, 부조리하고 가혹한 현실에 시달리며 몸부림치고, 그런데도 일어서는 주인공의 모습에 전율하는 것은 리츠코도 마찬가지다. 눈물을 흘리면서도, 멋있다고 동경해 버린다.

물론 현실도 다르지 않다. 사람은 언젠가 죽는다. 친족은 장수하는 사람이 많지만, 몇 번인가 친척 장례식에도 갔다.

하지만 료는 다르다. 레플리카인 료는 죽은 것이 아니다. 스즈미가 숨을 거둔 직후, 당연하다는 듯이 지상에서 지워져 버린 것이다. 모든 것이, 처음부터 없었던 것처럼.

그것은, 어찌나 잔혹하고 무서운 일인가.

리츠코는 알고 있다. 틀림없이, 료는 인간이었다. 나오나 아키도 그렇다. 자신과 아무것도 다르지 않은, 평범하게 울고 웃고 화내거나 하는, 그저 인간이었다.

모두 함께 도전했던 연극의 즐거움을 기억하고 있다. 아직 대사를 외울 수도 있다. 카구야 공주의 아름다움도 눈에 선한데, 연기했던 본인은 이제 어디에도 없는 것이다.

리츠코의 반에서는, 『신역 타케토리모노가타리』의 한 장면을 촬영한 동영상이 돌고 있었다. 연극 초반, 무대 위에서 선배들이 이야기하는 장면이다. 「열람 주의! 유령 출현 동영상!」이라고 이름 붙여진 그것은, 교사에게 발각되어 관련된 몇몇이 학생지도실에 불려 갔었다.

선배들에게는 말할 수 없었다. 이런 것을, 말할 수 있을 리가 없었다.

나오나 아키는 료의 소실을 자기 일처럼 느끼고 있을 것이다. 리츠코의 가슴 또한 쥐어뜯고 싶을 정도로 괴로우니까, 두 사람의 슬픔은 비교도 안 될 것이다.

하지만 리츠코는 자기 방이 아닌 데서는 한 번도 울지 않았다. 두 사람 앞에서는 밝은 자신으로 있기로 정했다. 리츠코가 웃으면, 나오는 언제나 기쁜 듯이 같이 웃어 주니까.

같은 학년의 친구는, 적기는 해도 있기는 하다. 지금도 리츠코가 진지하게 라이트노벨을 읽는 것을 알고, 말을 걸지 않고서 지켜봐 주는 듯한, 마음 맞는 오타쿠 친구다.

매일이 나름대로 즐겁다. 하지만 가끔 나오 선배들과 있다 보면 1년만 더 일찍 태어났더라면 하고 생각할 때가 있다.

그랬다면 정말 좋아하는 선배들의 반 친구로서…… 좀 더 곁에서, 힘이 되어줄 수 있었을지도 모르는 것이다.

"이것도 다 투정이지만……."

교실의 소란에 묻힐 정도의 목소리로, 리츠코는 중얼거렸다.

이상(理想)이란 언제나 신기루 같은 법이다. 2장을 다 읽고, 리츠코는 잠시 페이지에서 눈을 떼고 창밖을 바라보았다.

"나도, 교토 가고 싶었는데."

언제나 교토에는, 오타쿠의 마음을 뜨겁게 만드는 것이 있다.

음양사. 신선조. 도검…… 이 중 하나도 마음에 와닿지 않는 오타쿠가 있을까? 아니, 없다.

리츠코의 경우, 중학교 수학여행도 목적지가 교토, 나라였지만, 교토에는 몇 번을 가도 좋다. 며칠로는 다 둘러볼 수 없을 정도로 볼거리로 가득한 관광지인 것이다.

"선물, 기대된다."

교토라면 야쓰하시라든가, 센쥬센베라든가? 그건 좀 너무 정석인가.

후지노미야는, 아무리 머리를 굴려도 후지노미야 야키소바밖에 떠오르지 않지만, 목장이라고 하면 또 달라지겠지. 우유, 요구르트, 치즈 등등, 유제품이 잔뜩 있을 게 틀림없다.

사실은 딱히 선물이 없어도 괜찮다. 웃는 얼굴로 들려주는 여행 이야기가 있다면, 그것만으로도 최고다.

리츠코는, 맑게 갠 시즈오카의 하늘을 올려다본다.

교토와 후지노미야.

목적지가 다른 두 여행이, 모두 날씨 좋고 즐거운 여행이 되면 좋겠다.

거기서 문득, 리츠코는 허공을 올려다본다.

"그러고 보니 처음에 이상하다고 생각했던 게, 언제였더라?"

최근 일이 아니다. 리츠코는 이전부터, 스나오에게는 또 하나의 다른 사람…… 다른 인격 같은 존재가 있는 것 같다고 눈치채고 있었다.

초등학생 시절, 동네 자치회에서 알게 된 스나오와는 순식간에 친해졌다. 명랑하고 다정하면서, 조금 덜렁대고, 화난 얼굴까지 사랑스러운, 매력적인 여자애.

연상의 그 여자애를, 리츠코는 바로 좋아하게 되었다. 스나오짱, 스나오짱, 하고 부르며 따르고, 이사하기 전에는 가족끼리 교류했다.

아니다. 그게 아니야. 리츠코는 가볍게 고개를 젓는다.

"처음에는 스나오 선배를, 나오짱이라고 불렀던가?"

그 순간, 묘한 감각이 리츠코의 가슴을 스쳐 지나갔다.

"응……?"

고개를 갸웃거린다.

그것은, 그것과 아주 비슷했다. 추리 드라마를 보다가, 범인을 알 것 같으면서도 알 수 없는, 답답한 감각. 이야기 전반에 걸쳐 슬쩍슬쩍 뿌려진 힌트를 그러모으면 진상에 도달할 수 있을 텐데, 무언가 중요한 것을 놓친 채 시간만이 흘러가는, 그런 느낌…….

리츠코는 잠시 끙끙거리며 생각했지만, 예비 종이 울리는 바람에 정신이 흐트러져 버렸다.

종소리가 끝나기도 전에 영어 선생님이 교실로 들어온다. 오늘은 선생님이 자신을 지목하는 날이라고 떠올린 리츠코는 황급히 교과서를 꺼냈다.

제3화 레플리카는, 맛본다.

수학여행 첫째 날.

중요문화재로도 지정되어 있는, 후시미이나리 타이샤(伏見稲荷大社)의 누문(樓門) 앞. 1반의 담임과 학생들은 전원 정렬하여, 단체 사진을 찍고 있었다.

"여러분, 일 더하기 일은?"

7월 소풍 때도 보았던 쾌활해 보이는 남자가 SLR 카메라를 장착한 삼각대 너머로 말했다. "너무 낡았어요." 하고 학생들에게 놀림당하는 것에도 익숙한 모습으로, 연속으로 셔터를 누르고 있다. 이 사람이 촬영한 사진의 대부분은 졸업 앨범에 실릴 것이다.

최고 기온은 14도. 최저 기온은 4도. 낮인데도 서늘한 냉기가 목덜미를 스쳐 지나간다.

사진을 확인하는 사이의 몇 초, 나는 훌륭한 누문을 올려다보며 작은 숨을 내쉬었다.

오히려 교토에서는, 훌륭하지 않은 사원이 드물 것이라고 생각하지만, 이나리 신앙의 총본산, 후시미이나리 타이샤는 그중에서도 특히 크고 훌륭한 신사다. 키요미즈데라(淸水寺)나 킨카쿠지(金閣寺)에 버금가는 주요 명소다.

참배객 수에서는 압도적 1위에 빛난다는 정보대로, 참배로에는 사람이 북적거리고 있었다. 보아하니, 참배객의 6할 가까이는 외국인인 듯하다. 겨우 영어라고 알 수 있는 억양 말고도 들어본 적 없는 언어가 머리 위를 오가고 있었다. 이해가 따라가지 못하는 타입의 사투리도 섞여 있다고 하면, 그야말로 모든 것이 이국의 것처럼 들려온다.

교통 사정이나 관리의 편의성 때문인지, 첫째 날의 견학 코스는 세 개로 나뉘어 있었다.

2학년 1반과 2반의 버스는 후시미이나리 타이샤, 키요미즈데라, 킨카쿠지, 긴카쿠지(銀閣寺), 산쥬산겐도(三十三間堂) 순서로 둘러본다. 3반과 4반, 5반도 각각 다른 코스를 돌아서, 견학하는 사원은 일부만 겹치도록 되어 있다.

여행 중에는 분 단위로 일정이 잡혔다. 버스에서 내려 30분에서 50분 정도 견학하고 나면, 버스로 돌아와 다음 장소로 이동한다. 그걸 반복한다는 것을, 수학여행 위원이 작성한 안내서를 한번 훑어보면 저절로 알 수 있다.

수학여행이란 어디든 이런 법이리라. 모든 것이 사전에 정해져 있는 것은, 무언가를 정하는 것을 귀찮아하는 인간에게는 마음 편한 일이다.

사진 촬영이 끝나고 삼삼오오 걷는 학생들에게는 화사한 분위기가 있었다. 아직 교토에 도착해서 견학이 시작된 지 얼마 되지 않았기 때문이다.

이것이 긴카쿠지 근처가 되면, 감출 수 없는 피로가 보이기 시작한다. 버스 안에서 잠드는 학생도 있을 것이다. 이러는 나 역시 그 일원이 될 자신이 있었다. 가뜩이나 일찍 일어나서 피곤

하고, 걷는 것도 좋아하지 않는다.

진짜 여행은 내일부터라는 의식이 강한 것은, 내일은 조별 행동, 모레는 완전 자유 행동이 허락되어 있기 때문이다.

우리 조의 테마는 무난하게 『백인일수(百人一首)』로 정해졌다. 이 테마는 아라시야마(嵐山)에만 가면 어떻게든 된다고, 사토가 우겼던 것이다.

사실은 좋아하는 애니메이션의 성지 순례를 계획하고 있는 듯, "사가아라시야마[1]는 절대로 뺄 수 없고, 첫째 날에는 키요미즈데라에도 갈 수 있으니까 최고!"라며 신나게 말했다. 요시이 또한, 아라시야마는 극장판 코난의 성지라며 간단히 설득당했다.

나와 사나다는, 그다지 주장이 강한 의견을 말하지 않았다. 사나다는 주위를 배려하는 듯했지만, 나는 단지 그런 고집이 옅어서, 좋아하는 사람에게 맡겨두면 된다고 생각했던 것이다.

역사나 오래된 거리를, 나름대로 멋지다고는 느껴도, 강한 흥미가 있는 것은 아니다. 안내서에 쓰인 수학여행의 테마에는, 고도의 역사나 문화에 직접 닿아, 일본인으로서의 교양을 기르고 어쩌고저쩌고…… 하는 문구가 기재되어 있었지만, 나 같은 것보다 주위를 걷는 외국인 쪽이, 훨씬 일본인의 우아하고 섬세한 마음이라는 것을 이해하고 있을 것이다.

첫째 날은 반만 같다면, 좋아하는 상대와 함께 다녀도 되지만, 우리는 어쩐지 같은 조 네 명이서 뭉쳐 있었다.

---

1 사가아라시야마(嵯峨嵐山) : 교토에 있는 전철역. 근처에는 「바람의 검심」 등으로 유명한 장소가 있다.

폭넓은 자갈길을, 가로로 한 줄로 펼쳐져 걷는다. 중요문화재로 지정된 본전(本殿)을 바라보며, 오른쪽 옆에서 걷던 사토가 보란 듯이 한숨을 쉬었다.

"한 반에 한 명은 꼭 있지, 단체 사진 찍을 때 드러누워서 브이하는 녀석."

"반장, 혹시 부러웠어? 다음엔 같이 하자."

"하지만 거절한다!"

말할 필요도 없이, 드러누운 것은 튀고 싶어 안달이 난 요시이다. 그렇게 까부는 행동이 선생님과 반 친구들에게도 웃음으로 용서받는 것은, 그만이 가진 특권일 것이다.

사나다는, 누문이나 본전 등, 각지에 설치된 QR 코드를 발견할 때마다 꼼꼼하게 스캔하고 있다. 들여다보니, 관광 음성 가이드를 들을 수 있는 모양이다.

"지금 안 들게?"

"버스에서 들으려고. 감상문 쓰는 데 도움이 될 것 같아서."

"으엑! 싫은 거 떠올리게 하지 마."

혀를 내미는 요시이에게, 사나다는 스마트폰을 넣으며 스스럼없이 되받아쳤다.

"그런 태도로 괜찮겠어? 나중에 울고불고 매달려도 모른 척할 거야."

"사나다 선배님, 차갑게 말하지 마시고 도와주세요."

요시이가 뒤로 돌아가, 사나다의 어깨를 주무른다. 조별로 조사를 진행하는 동안, 이 두 사람의 거리감도 자연스러워졌다.

장난스러운 이야기를 하며 걷는 동안, 전방에 진짜 선명한 주홍색 토리이(기둥문)가 보였다. 하나가 아니다. 몇 겹이고 안쪽으로 이어지는 환상적인 토리이다.

그 토리이에 덮이듯이, 새빨갛게 물든 단풍이 흔들리고 있다. 참배로에서도 종종 보았지만, 토리이 사이로 들어오는 햇빛에 비친 붉은색은, 눈부실 정도로 고혹적이었다.

"우와, 대박."

요시이가 넋이 나간 듯 입을 크게 벌리고 있다. 완전히 똑같은 얼굴을 하고 있는 것을 깨닫고, 나는 황급히 입술을 꾹 다물었다.

"기념 촬영 하자, 기념 촬영!"

의기양양하게 스마트폰을 드는 사토에 응답하듯, 여기저기서 셔터 소리가 들린다. 온통 기념 촬영인 가운데, 우리는 이나리오카미(稲荷大神)라고 쓰인 편액과 가지 모양이 예쁜 단풍이 함께 찍히도록 쭈그려 앉아 포즈를 취했다.

사토가 든 스마트폰 화면에서, 어중간하게 얼굴을 맞댄 네 명이 우리를 돌아본다. 남자 둘이 친하다고 해서, 다른 관계까지 오셀로처럼 같은 색으로 물드는 것은 아니다.

적어도 나는 그렇다. 흰색도 검은색도 아니기에, 모두를 당황하게 하고 있다.

소란에 대항하듯, 요시이가 목소리를 높인다.

"턱밑 하트 하자."

"뭐야 그게."

"정말, 브이로 됐잖아, 브이로. 뒤에 기다리는 사람 많다고."

'결국 어떤 포즈지?' 하고 생각하며, 일단 하트를 만들었다.

어떻게든 찍힌 한 장의 사진은, 오른쪽 위의 요시이와 왼쪽 아래의 내가 턱밑 하트고, 게다가 요시이는 이상한 표정을 짓고 있고, 왼쪽 위의 사나다와 오른쪽 아래의 사토는 손으로 브이 모양을 만들고 있었다. 사나다는 증명사진과 착각한 듯한 무표정. 뒤죽박죽에 엉망인 사진이었다.

덤으로 옆이나 뒤에 모르는 사람이 잔뜩 찍혀 있었다. 구석에서는 초등학생쯤 되어 보이는 금발 남자애가 활짝 웃으며 손으로 브이 모양을 만들고 있다. "이게 누구야." 하고 요시이가 낄낄 웃는다. 이 녀석은 별로 재미없어도 입을 크게 벌리고 유쾌하게 웃는다.

뒤쪽이 더욱 붐비기 시작해서, 우리는 대화도 대충 하고 걷기 시작했다. 내게 보이는 것은 사토의 등, 그 앞을 걷는 모르는 커플의 등 정도.

이 앞에 무엇이 기다리고 있는지, 나는 모른다.

"센본도리이(千本鳥居)는, 뭔가 신비롭고 좋네."

사토의 둥근 뒤통수에서, 햇살이 장난치듯 흔들리고 있다. 말을 건 것인지 혼잣말인지, 판별이 가지 않아서 대답은 하지 않고, 나는 작게 고개를 끄덕였다.

몇 겹이고, 몇 겹이고. 길 저편으로 이어지는 토리이는 정말로 천 개나 있는 걸까. 어디까지고 이어져 있는 걸까. 인터넷으로 검색해서 끝이 있다는 것은 사전에 알고 있어도, 모르는 채로 되돌아가고 싶은 기분에 휩싸인다.

"아, 알 것 같아."

조금 늦게, 뒤의 요시이가 아는 체하며 고개를 끄덕인다.

"뭐랄까, 포키 같은?"

"응? 포키……?"

걸음을 멈추지 않은 채, 사토가 돌아본다. 갑자기 나온 단어의 의미를 잘 모르겠다는 표정이다.

"아, 계속 보고 있으니 토리이가 말이야, 거꾸로 포키처럼 보이네 싶어서. 초콜릿은 적고 과자 부분만 엄청 긴 포키랑 닮지 않았어?"

토리이 사이를 비집고 들어오듯, 차가운 바람이 분다.

"센스 미쳤네……."

"센본도리이를 보고 포키라고 부르다니, 요시이는 진짜 요시이네."

오히려 감탄한 듯, 빤히 요시이를 바라보는 사나다와 사토. 그런 두 사람의 반응을 받고, 요시이는 일부러 눈가를 촉촉하게 적셨다.

"뭐야, 너희는 왜 둘이서 날 바보 취급하는 건데."

"바보 취급이 아니라, 진짜 바보라고 생각하는데."

"아, 그거 규칙 위반! 이제 악담의 영역에 들어갔거든요!"

격렬하게 말다툼하면서도, 다들 걸음을 멈추지 않는다.

대화를 흘려들으며 토리이를 바라보고 있다가, 나는 정신이 번쩍 들었다. 토리이가 점점, 땅에서 돋아난 거대한 포키 무리로 보이기 시작해 버린 것이다.

게다가 그냥 포키가 아니다. 거꾸로 포키. 과자 부분이 너무 길어서, 초콜릿이 거의 묻어 있지 않은, 엄청나게 손해 본 기분이 드는 포키…….

"풉."

흘러나와 버린 한숨.

나는 순간적으로, 그것을 가벼운 헛기침으로 얼버무리려고 했다.

"어라……? 아이카와, 방금 웃었어?"

요시이는 눈치가 빠르다. 아니, 귀가 밝다. 무심코 웃음을 터뜨린 것을 똑똑히 들은 모양이다.

정면으로 돌아 내 얼굴을 보려는 요시이로부터, 나는 고개를 돌렸다. 여기서 인정하면 여행 내내 끈질기게 놀려댈 것 같아서 상상하는 것만으로도 짜증이 났다.

"안 웃었어."

"아니아니아니 웃었다니까. 확실히 웃었지?"

"안 웃었대도."

절대로 인정하지 않겠다. 단호하고 강한 마음으로 부정하고 있는데, 요시이의 얼굴을 보고 있자니 힘이 빠져서, 왠지 또 웃음이 나와버린다.

하필이면 거꾸로 포키라니. 귀중한 문화유산을 상대로 정말이지, 무례하기 짝이 없다.

"아이카와가…… 웃었다! 아이카와가 웃었다!"

"클라라가 일어선 것처럼 말하지 마."

나는 마음껏 요시이의 정강이를 걷어찼다.

"아야!" 하고 호들갑스럽게 펄쩍 뛰며 아픈 척하는 요시이를 보고, 사나다와 사토도 웃는다. 나 또한 들키지 않을 정도로 입가를 살짝 풀었다.

수학여행은, 이제 막 시작됐다.

◇ ◇

"마계다!"

독점 상태였던 버스에서 내리자마자, 나는 두 손을 벌리고 외쳤다.

후지노미야역을 출발한 지 25분. 우리는, 기다리고 기다리던 마계……가 아니라, 마카이노 목장에 도착해 있었다.

후지산 기슭인 아사기리 고원은 쌀쌀할 정도였지만, 공기가 맑았다. 이마에 바람을 맞으며 힘껏 숨을 들이쉬자, 폐가 통째로 씻겨 나가는 것 같아 기분이 좋다.

우선 유혹의 천국인 입구를 지나 발권기에서 표를 두 장 산다.

광대한 부지를 자랑하는 마카이노 목장은 입장 게이트를 지나자마자 광장이 있었다. 아이들이 잔디밭을 뛰어다니는 것을 보고 있자니, 나도 함께 달려보고 싶어졌다.

왼쪽에는 몇몇 건물이 보인다. 우리는 일단 오른쪽으로 장내를 걸어 보기로 했다. 그쪽이 더 사람이 모여 있고, 동물의 기운을 진하게 느낄 수 있다.

감은 적중한 모양인지, 바로 앞에 작은 오두막이 보였다.

삼각지붕 오두막 옆에는, 세 마리의 염소가 묶여 있다.

"염소다!"

나는 염소를 겁주지 않게 자세를 낮추고 살금살금 다가갔다.

"아까부터 텐션 높네."

"수학여행이니까요!"

당당하게 대답하고 나서, 조금 창피해져서 음량을 조절했다.

"염소다……."

직모에 근육질. 몸집이 저마다 다른 세 마리 염소는 내게 전혀 관심을 보이지 않고, 이쪽으로 엉덩이를 향한 채 웅크리고 있다. 꼿꼿이 선 꼬리가 귀엽다.

염소는 '음매에' 하고 울었던가? 그건 양?

"헤에, 산책 염소래."

아키 군의 시선이 간 곳을 확인하니 눈앞의 오두막에서 염소와 같이 산책하는 이벤트를 신청받고 있는 모양이다.

먹이 포함, 20분에 300엔. 마침 11시가 지난 참이라, 신청 시간에 해당하는 듯하다.

"해볼래?"

개와 산책해 본 적도 거의 없는 나는 그 유혹을 덥석 물었다.

"할래!"

바로 접수처 오빠에게 말을 걸어, 반씩 요금을 지불했다.

"자, 마음에 드는 염소를 골라 주세요."

오두막 앞에 묶여 있는 것이, 산책 염소의 멤버인 모양이다.
다른 염소들은 일하러 나간 모양이다. 여전히 엉덩이밖에 보이지 않는다고 생각하고 있자니, 갑자기 한 마리가 일어서서 이쪽을 본다.
눈이 딱 마주쳤다. 보기에도 몸집이 큰, 새하얀 염소였다.
히죽 웃고 있는 듯한 눈과, 관록 있는 긴 턱수염을 바라본다. 그 순간, 내 뇌리에 번뜩인 것은 그림책 『염소 삼형제』였다.

그때, 큰 염소가 다가왔습니다.
쿵, 쾅! 쿵, 쾅!
얼마나 무거운지, 다리가 삐걱삐걱 신음했습니다.

계곡에 사는 트롤과 마주친, 몸집이 다른 염소 삼형제. 모두가 똑같은 이름. 트롤을 산산조각 내 해치우는, 큰 염소…….
"그 염소?"
서로를 바라보는 나와 염소의 마음을, 아키 군은 알아차려 준 듯했다.
"응!"
오두막에서 스태프 오빠가 나온다.
"정말로, 이 아이…… 코유키짱으로 괜찮겠어요?"
"네."
이제 나는, 이 암컷인 듯한 염소…… 코유키짱에게 운명을 느끼고 있었다. 외모는 험상궂고 박력이 있지만, 이름도 알프스 같아서 멋지다.

결의를 굳힌 나에 비해, 접수처 오빠는 표정이 엄숙하다.

"정말로 괜찮겠어요?"

"네, 넵."

이렇게나 꼼꼼하게 확인하는 법인가? 주눅이 들면서도 고개를 끄덕이자, 접수처 오빠가 "알겠습니다." 하고 고개를 끄덕이며 물어온다.

"두 분은, 산책 염소가 처음이신가요?"

우리는 고개를 세로로 움직였다.

"그렇다면 먼저, 착각을 버려 주세요."

어……?

"두 분이, 염소를 산책시키는 게 아닙니다. 염소에게 산책당하시는 겁니다."

왠지, 터무니없는 곳에 와버린 듯하다.

"자세한 규칙을 설명하겠습니다."

접수처 오빠는 익숙한 모습으로, 산책 염소를 다루는 법을 설명해 주었다. 설명이 끝난 뒤, 먼저 아키 군이 산책 세트를 받고, 내가 코유키짱의 목줄을 잡았다.

두 손은 절대로 목줄에서 떼지 말라는 당부를 들었다. 하지만 염소를 무리하게 잡아당겨서는 안 된다. 가는 곳을 유도하고 싶을 때는, 코앞에 먹이인 펠릿을 던지도록 한다……. 나는 산책의 규칙을 몇 번이고 마음속으로 되뇌었다.

"20분 뒤에는 오두막 앞으로 돌아와 주세요. 잘 다녀오세요."

"다녀오겠습……."

손을 흔드는 접수처 오빠에게, 나는 인사를 다 할 수 없었다.

그 순간, 몸이 앞으로 훅 쏠렸기 때문이다.

"어, 어어."

쭉쭉 잡아당기는 코유키짱을, 비틀거리면서 따라간다.

바로 꽃밭 쪽으로 들어가려 해서, 황급히 아키 군이 다른 방향으로 펠릿을 한 알 던졌다. 코유키짱은 그것을 한입에 삼키자마자, 다시 엉뚱한 방향으로 가려고 했다.

나는 금방 패닉 상태에 빠졌다.

"아키 군 헬프! 교대!"

"아직 2분도 안 지났는데."

"그럴 수가!"

갈 때와 올 때 10분씩 나눠서 역할을 교대하자고 제안한 것은 나다. 아직 아무것도 몰랐을 때의, 태평하고 평화에 찌들었던 나다.

접수처 오빠가 한 말의 의도를 잘 알 수 있었다. 정말로 괜찮겠냐고, 압박하는 표정으로 재차 확인을 구했던 의미도.

내가 고른 코유키짱은, 엄청난 폭군이었다.

좌우지간 마력이, 아니 염소력이 너무 대단하다. 다른 방향으로 휙 하고 목을 움직이는 한 동작만으로, 나는 간단히 끌려가 버린다.

염소 세계에서도, 유난히 이름난 여왕님 같은 존재임이 틀림없다. 길가에 떨어진 잎사귀를 눈 깜짝할 새도 없는 스피드로

우물우물 입에 넣는 코유키짱을, 산책 염소에 참가하지 않은 울타리 너머의 염소들이 흥미로운 듯이 바라본다. 코유키짱이 다가가기만 해도 산책 중인 다른 염소들이 길을 양보하고 있다.

그야말로 종횡무진. 호방뇌락.

"하지만, 귀여워!"

끌려가면서, 나는 외쳤다.

제멋대로고, 자기중심적이고, 자기 마음대로 하지만, 그런 코유키짱은 무척이나 귀여웠다.

긴 수염으로 뒤덮인 턱을, 슥슥 쓰다듬어 주고 싶다. 울끈불끈한 몸도 조금 만져보고 싶다. 하지만 그런 틈은 보이지 않고, 그저 한결같이 코유키짱은 자기 갈 길을 갈 뿐이다.

"앗, 아키 군, 응가 나와. 응가응가!"

"그건 오해받을 표현이야!"

황급히 아키 군이, 후두둑 길에 떨어지는 응가를 청소한다. 염소들은 장소를 가리지 않고 싸니까, 받은 빗자루와 쓰레받기로 적절히 치워야 하는 것이다. 이것도 산책 염소의 중요한 규칙이다.

"아키 군 큰일 났어! 앞으로 10분밖에 없어!"

"돌아가자!"

우리는 역할을 교대했다. 왔던 길을 되돌아가듯이 코유키짱을 유도한다. 코유키짱의 눈앞에 펠릿을 보여주고 나서, 나는 그것을 힘껏 앞으로 던졌다.

너무 힘을 줬는지, 펠릿은 엉뚱한 방향으로 날아갔다. 코유키짱은 거들떠보지도 않는다.

"나오, 너무 못 던져!"

"미안해!"

"나오, 쌌어!"

"오해받을 표현이라니까!"

웃거나 소리치거나 하면서 오두막 앞에 돌아왔을 때는, 우리는 축 늘어져 있었다.

마카이노 목장의 세례였다. 동물은 결코 인간의 뜻대로 되지 않는 법이다. 언제나 자유분방하게 살아가고 있는 것이다.

"그래도, 재미있었네."

"응. 무척 재미있었어."

한결같이 압도당했지만, 즐거웠던 것도 사실이었다.

다음 사냥감을 정하고 있는지 콧김이 거친 코유키짱에게 손을 흔들며 헤어진다.

"다음은, 뭘 할까?"

"으음."

다른 동물도 궁금하지만, 일단 맛있는 것을 먹고 체력 회복에 애쓰고 싶은 기분이 든다.

입구 부근에서 본 안내판 앞으로 돌아온 나는, 눈을 반짝였다.

"버터 만들기 해보자!"

소요 시간은 20분. 목장의 신선한 재료를 사용해서 만드는 버터는 각별히 맛있을 것이다. 그 밖에도 쿠키 만들기나 소시지 만들기, 동물과의 교감 이벤트에서도 호기심을 자각하는 것이 많았지만, 가장 가까운 시간대에 개최되는 것은 버터 만들기뿐이다.

처음에 왼쪽에서 보였던 카페가, 접수 장소인 모양이다. 한 사람당 500엔을 지불하고 참가자용 카드를 받은 다음, 바로 옆에 있는 식체험 공방으로 이동한다.

벽이 트인 건물 앞에서는, 버터 만들기를 담당하는 스태프 언니가 기다리고 있었다.

거기서 카드를 내고, 드디어 건물 안으로.

개방적인 건물에는 테이블과 의자가 많이 설치되어 있고, 각각의 테이블에 뚜껑이 닫히는 타입의 플라스틱 용기, 시판되는 크래커 소포장, 그리고 일회용 아이스크림 스푼이 놓여 있었다. 용기에는 우유로 보이는 유백색의 액체가 담겨 있다.

이번 버터 만들기에는 우리를 포함해 열 팀 이상이 참가하는 모양이다. 대학생쯤으로 보이는 그룹이나 가족 단위 그룹으로 건물이 밝고 활기찼다.

11시가 되자, 아까 그 언니가 왔다. 간단한 자기소개를 마치고 나서 밝은 얼굴로 참가자를 둘러본다.

"여러분, 바로 질문할게요. 우유가 어떻게 만들어지는지 아는 사람? 아는 어린이는 손 들어보세요!"

"어느새 저절로 우유팩에 들어 있어요!"

손을 드는 것도 아니고, 참가자인 남자애가 장난스럽게 외친다. 킥킥 하고 웃음소리가 터져 나온다.

언니는 흐뭇하게 양손으로 X자를 만들어 보였다.

"땡. 틀렸습니다. 텅 빈 우유팩에선 아무것도 생기지 않아요!"

그림을 사용하며 설명해 준다. 어미 소는 송아지를 위해 대량의 혈액을 소비하고, 영양이 듬뿍 들어간 젖을 낸다. 그것을 인간은 가져가고 있다. 동물에게 감사하는 마음으로 일상의 식사를 맛보면 좋겠다.

"이 용기 안에도, 목장에서 사람이 직접 짠 원유와 동물성 생크림이 들어 있습니다."

신호와 동시에 참가자 모두가 용기를 흔들어서 버터 만들기에 도전한다.

스태프 언니의 말에 따르면, 우유 속 유지방의 얇은 막이 찢어져 모이면 굳어서 버터가 된다고 한다. 이 유지방의 막을 찢기 위해서 좌우지간 용기를 흔드는 것이다.

나 또한 주위 사람들과 마찬가지로 한 손에 든 용기를 붕붕 흔들었다. 오른손이 지치면 왼손으로 바꿔서, 열심히 계속해서 흔든다.

하지만 좀처럼 변화는 없고, 인내의 시간이 계속된다.

정말로 언젠가 굳기는 하는 걸까? 반신반의하는 내 귀가, 그때 이상한 소리를 포착했다.

"아키 군 용기, 뭔가……."

"소리가 달라지기 시작했네."

아키 군의 용기 안에서는, 뭔가 묵직하고 딱딱한 소리가 나고 있다. 나와는 명백히 다른 종류의 소리다.

테이블을 둘러보던 스태프 언니가 멈춰서 가볍게 손을 마주쳤다.

"남자 친구분, 빠르시네요. 휘핑 상태가 되었으니, 이제 조금만 더 하면 돼요."

"고맙습니다."

칭찬받은 아키 군이 작게 고개를 숙인다.

기도하듯이 올려다보자, 스태프 언니와 눈이 마주쳤다. 생긋하고 미소 지어준다.

"여자 친구분은 조금만 더 애써 볼까요!"

그럴 수가. 처음부터 애쓰고 있는데.

나는 절망적인 기분이 들면서도, 포기하지 않고 팔을 계속 흔들었다.

그렇다. 용기의 내용물은 모두가 똑같다. 나만 심술궂게 사실은 물이었다, 같은 일은 없다. 계속 흔들다 보면 나도 같은 소리를 들을 수 있을 것이다…….

그런 나를 몰아붙이듯, 각처에서 들려오는 소리가 변화하고 있었다. 유치원생쯤 되어 보이는 아이들도 신났다. 나는 완전히 뒤처져 버렸다.

초조함에 내몰린 나는, 남몰래 SOS를 보내기로 했다.

"아키 군, 도와줘!"

"응?"

고개를 갸웃거리는 아키 군. 그 용기는 또 소리가 변해, 찰박찰박 튀는 듯한 소리가 들린다. 나도 한시라도 빨리 그 영역에 도달하고 싶다.

"이렇게나 흔들고 있는데, 소리가 전혀 안 변해!"

벌써 팔뚝이 저리다. 산책 염소의 영향일지도 모른다.

"스태프 언니는 지금 저쪽에 갔고, 아무도 안 보니까."

나는 그렇게 말을 꺼내, 슬쩍 용기를 내밀려 했다. 체력이 남아돌고, 게다가 한 손이 빈 아키 군에게, 내 몫도 맡겨버린다는 획기적인 작전이다.

하지만 아키 군은 나쁜 짓에 가담하지 않을 것처럼 진지한 표정이다.

"반칙은 안 되지. 버터 만들기는, 자기 힘만으로 달성해야 의미가 있어."

진짜 올바른 말이었다.

"꽁냥꽁냥하는 커플은 내버려두고, 제가 됐다고 한 분은 컵을 열어도 됩니다. 크래커에 버터를 발라서 드셔 보세요."

밝은 웃음소리가 터져 나왔다. 나는 창피해서 새빨개졌다.

그런 온갖 고통과 어려움을 극복하고, 나 역시 몇 분 뒤늦게 오케이 사인을 받았다. 여기저기서 쉴 새 없이 터져 나오는 "맛있어." "최고." 같은 환성이나, 아키 군의 "맛있어. 대박." 등의 감상을 듣는 동안 의욕에 한층 불이 붙었던 것이다.

용기 뚜껑을 열자, 안에는 고체가 되기 직전 느낌의 버터가 기다리고 있었다.

"와, 의외로 걸쭉하네."

두근거리며 부드럽고 신선한 노란색 버터를 아이스크림 스푼으로 떠서 크래커에 발라 본다. 그리고 "잘 먹겠습니다." 하고 외치고 나서, 입안으로 옮겨 보았다.

"응응응!"

나는 미간을 꼭 오므리고 몸부림쳤다.

너무 맛있어서 말이 안 나온다는 것은, 이런 것을 두고 하는 말일까? 팔뚝을 많이 움직여서 그렇다는 이유도 그 맛에 포함되어 있으리라. 나는 황홀해하면서, 비장의 버터를 바른 크래커를 해치웠다.

용기 바닥에 고인, 영양 듬뿍이라는 버터밀크도 마셨다. 평소 마시는 우유보다 산뜻해서, 이쪽도 무척 맛있다.

그리하여 즐거운 체험 시간은 순식간에 끝나버렸다. 행복한 미소를 띠고, 다른 참가자들이 자리에서 떠나간다. 우리는 마지막에 남게 되었다.

그렇게 생각했는데, 등 뒤에서 발소리가 났다. 아직 남아 있던 사람이 있었던 모양이다.

"너희는 이런 데서 뭘 하는 거냐."

퉁명스러운 목소리는, 어디선가 들어본 적 있었다.

설마 하는 마음에 돌아보자, 예상대로의 인물이 있었다.

"모치즈키 선배……?"

사복 차림의 모치즈키 선배는, 텅 빈 용기를 손에 들고 의아해하고 있다. 아무래도 그도 같은 타임의 버터 만들기에 참가했던 모양이다.

하지만 어째서, 여기 있는 걸까?

멍하니 있는 내 곁에서, 쓰레기를 치운 아키 군이 대답한다.

"버터 만들고 있었어요."

"그게 아니라, 2학년은 수학여행 중이잖아."

"목적지, 후지노미야였어요."

"같은 지역으로 수학여행을 간다는 말은 금시초문인걸. 우리랑 똑같이 교토잖아."

모치즈키 선배는 눈을 흘기며 나와 아키 군 사이의 자리에 걸터앉았다.

"선배야말로, 이런 데서 뭐 하세요. 땡땡이?"

어쩌면 3학년도 무슨 연수 중일지도 모른다. 나는 그렇게 생각했지만, 모치즈키 선배는, "그런 셈이지." 하고 아무렇지 않게 고개를 끄덕인다.

"나는 이미 대학 합격 통지를 받았으니까."

"어……?"

그 이야기를 처음 듣는 나와 아키 군은 놀라서 말문이 막혔다.

"그래요? 언제?"

"언제랄까, 너희랑 알게 되기 전에 정해졌으니까."

더더욱 처음 듣는 이야기였다.

"어, 어느 대학이요?"

선배가 입에 담은 것은, 시즈오카 현민이라면 누구나 알 법한 현내 사립대학의 이름이다.

정보량이 많아서 따라갈 수 없다. 나는 완전히 혼란스러웠지만, 아키 군은 똑같이 혼란한 와중에서도 일어서서 정중하게 머리를 숙이고 있었다.

"늦었지만, 축하합니다."

그에 따라, 나도 일어서서 "축하합니다."를 복창한다.

"그래. 땡큐."

"하지만 빨리 알려주셨으면 좋았을 텐데."

이 말에 모치즈키 선배는 쓴웃음을 짓는다.

"명문고 정도는 아니지만, 수험생은 나름대로 팽팽하게 긴장하고 있는 법이야. 자기는 진로 확정됐다고 여유 부리는 녀석은 짜증이 나잖아. 그래서 일부러 공공연하게는 이야기 안 했어."

나는 3학년은 아니지만, 왠지 알 것 같다. 앞으로 필기시험이나 기업 면접이 남은 학생은 진로가 확정된 다른 사람의 이야기를 귀에 담는 것도 괴로울 것이다.

"그런데 선배는 무슨 일로 후지노미야에?"

당당하게 땡땡이치고 있는 것은 알았지만, 그렇다고 해서 땡땡이 장소로 일부러 후지노미야를 골랐다면, 거기에는 무슨 이유가 있을 것이다.

선배가 테이블에 팔꿈치를 괸다. 무언가 생각하듯이, 그 시선을 천장으로 돌렸다.

"지금은, 할머니 댁에서 지내고 있어."

"모치즈키 선배의 할머니요?"

"아니. 료의."

당연하다는 듯이 모치즈키 선배가 대답해서, 나는 잠시 반응하지 못했다.

어째서 료 선배의 이름이, 모치즈키 선배의 입에서 나오는 걸까……?

게다가, 료 선배의 할머니 댁에 있다? 모치즈키 선배는 침묵하는 나와 아키 군을 번갈아 보고는, 이렇게 물어왔다.

"그래서, 땡땡이 2인조. 너희들도 도플갱어야?"

제4화 레플리카는, 더듬어간다.

우리는 정취 있는 산넨자카(三年坂)의 돌계단을 걷고 있었다.

후시미이나리 타이샤 다음은, 키요미즈데라 견학이다. 요시이는 다른 친구와 지슈 신사를 참배한다고 해서, 도중에 잠시 헤어졌다.

사랑점 바위를 시험해 보자는 말을 들었지만, 나는 고개를 가로저었다. 연애에는 별로 관심이 없고, 게다가 돌에 관련된 점은 아까 후시미이나리 타이샤에서 막 시험해 본 참이었다.

센본도리이를 빠져나간 곳에 오쿠샤호하이쇼(오사봉납소)가 있다. 그 오른쪽 안쪽에 있는 것이, '오모카루이시' 다.

두 개의 석등롱. 그 앞에서 소원을 빌고, 등롱의 머리 부분인 돌을 들어 올린다. 예상보다 돌이 가벼우면 소원이 이루어지고, 무거우면 한층 더 노력이 필요해진다.

그렇다면 현재의 내게는 명확한 목표가 있다. 그것을 한마음으로 생각하며 도전해 봤는데, 단단하고 차가운 돌은 터무니없이 무거웠다.

저렇게 무거운 돌을 가볍게 느낄 리가 없다. 아니면 그토록 무겁게 느낀 사람은 나 혼자였을까? 그 증거처럼, 다른 세 사람은 각자 고생하면서도 돌을 들었다. '이제 돌은 질색이다' 라고, 나는 진심으로 생각했다.

유명한 기요미즈의 무대는, 단풍이 절정인 시기가 영향을 주었는지 역시 참배객으로 북적거리고 있었다.

사람 구경을 하러 온 듯한 기분이 들어 질색했지만, TV나 드라마에서 보던 장소를 보니 저절로 기분이 고양된다. 사토도 흥분했는지, 사진을 몇 장이나 찍고 있었다.

본당을 지난 뒤에는, 기념품을 보기 위해 갈 때와는 다른 산넨자카를 내려간다. 이곳이 가장 가게가 많다고 사토에게 들었던 대로, 귀여운 소품이나 짜투리 천 세공품, 도자기, 잘 모를 잡다한 상품이 늘어선 가게 등, 여러 상점이 줄지어 있어 구경해도 질리지 않는다.

"아, 찾았다!"

생야쓰하시를 비교하고 있을 때, 인파를 헤치고 손을 크게 흔들며 요시이가 다가왔다. 그 얼굴을 보니 사랑점의 결과는 좋았던 것일지도 모른다.

그렇게 생각했지만, 요시이가 입에 담은 것은 전혀 다른 화제였다.

"다들, 이것 좀 봐봐. 저기 가게에서 사버렸어!"

헤헤헤, 하고 기분 좋게 웃으며 달려온 요시이가 등 뒤에 감추고 있던 것을 보여준다.

목도였다.

어느 각도에서 봐도 목도였다.

"요시이……."

조원 모두가 뭐라 말할 수 없는 얼굴로, 요시이를 바라본다.

왜 수학여행 중인 남자애라는 것은, 일단 목도를 사는 걸까.

귀중한 용돈을, 앞으로 쓸 기회가 좀처럼 없을 목도에 바치는 걸까.

"어어, 뭐야? 이 분위기 뭐야?"

주위를 둘러보는 요시이에게, 사토가 말했다.

"뭐, 나도 초등학교 수학여행 때 샀지만……."

사토도 동류였던 모양이다.

"진짜냐! 제법인데, 검도부!"

어깨너머로 본 대로 목도를 허리에 찬 요시이가, 그것을 재빨리 뽑아 들었다.

"우오오오오, 받아라 반장! 제1의 비검, 염령!"

이에 대해, 사토는 배낭에 꽂아두었던 양산을 챙! 소리를 내며 뽑았다. 아무래도 검으로 삼은 모양이다.

"훗. 풋내기를 상대로 휘두를 검은 없다! 용퇴섬 참!"

"뻥 치지 마, 죽일 셈이잖아!"

무슨 애니메이션 흉내인지, 촌극을 벌이는 두 사람을 따라가지 못하고 있자, 사나다가 말을 걸었다.

"아이카와는? 뭐 살 거야?"

"짐이 되니까, 아직은 괜찮을 것 같아. 모레 한꺼번에 살래."

"그렇구나. 나도 눈도장만 찍어둘까."

부모님께 드릴 선물은 필수고, 멀리 사는 조부모님께는 다음에 드려도 괜찮다고 생각하지만, 엄마를 통해 수학여행에 쓸 용돈을 받았다. 비위를 맞추기 위해서라도 뭐든 사 가는 것이 좋을 듯하다.

사나다는 형형색색의 젓가락 받침을 이리저리 뜯어보고 있다.
"이상한 말일지도 모르지만."
"뭔데?"
다른 상품 선반을 보면서, 나는 가볍게 되물었다.
"난 이제 끝난 거라고 생각했어."
"끝났다니, 뭐가?"
"내 인생이."
나는 모든 소리가 내게서 멀어져 가는 기분이 들었다.
조심스럽게 시선을 돌리는데, 사나다는 이쪽을 보고 있지 않았다.
"이제 와서 생각하면, 하야세…… 선배에게 복수하고, 그걸로 내가 어쩔 생각이었는지도 잘 모르겠어서. 멍청하지?"
사나다가 쓴웃음을 짓는다. 일부러 흔드는 어깨가 안쓰럽다.
가슴에 구멍이 뻥 뚫렸다. 나오를 통해 전해 들은 말이지만, 아키는 그런 식으로 사나다를 평했던 모양이다.
사나다는 지금도 텅 비었다. 나는 문득, 그렇게 느낀다.
"아키가 하야세 선배와 대결해서 이겼다고 들었을 때도, 먼 세상의 일 같았어. 기쁘지도 않고, 나랑은 관계없는 이야기라고 느꼈어. 학교에 갈 마음도, 생기지 않았고."
요시이 같은 큰 웃음소리가 사나다의 독백 끝을 지워버린다. 가게 밖과 가게 안쪽에 서 있는 우리는 멀리 단절된 것 같았다.
"나는 이대로, 접힌 종이처럼 말이야. 방구석에서 작고, 또 작아져서…… 마지막에는 아무도 모르게 사라진다고, 생각했어."

나는 참지 못하고, 물었다.
“학교 온 거, 후회해?”
“안 해.”
돌아본 사나다가, 하얀 이를 보이며 소년처럼 웃는다.
“거짓말 아니야. 오길 잘했어. 학교도, 수학여행도.”
눈이 마주치고, 겨우 깨닫는다. 사나다는 여행 전에 머리를 자른 모양이다. 조금 짧아진 앞머리 아래에서 미소를 띤 표정에서는 어두운 그늘이 느껴지지 않았다.
나를 생각해서 무리하는 걸까, 진심에서 우러나온 말일까. 판단할 수 없는 채로, 나는 입을 열었다.
“있을 거야. 즐거운 일이.”
무책임한 말을 고집하는 가슴에 희미한 아픔을 느끼면서, 말을 이었다.
“더, 많이…… 있을 거야.”
사나다는, 눈치챘을까? 이 속삭임이 사나다가 아니라, 그보다 훨씬 더 텅 비어 있는 나 자신을 향한 것이라는 사실을.
천천히 고개를 끄덕인 사나다에게서, 환영인 것처럼 미소가 사라져 있었다.
“그렇겠지, 우리에게는.”
거기서 사나다는 입을 다문다. 다음에 하려던 말을, 나는 짐작하고 있었다.
“그나저나 교토 선물은, 뭐가 유명할까?”
나는 화제를 바꾸려고 새삼스럽게 그런 말을 해보았다.

너무 뜬금없었는지 사나다는 한순간 놀랐지만, 바로 장단을 맞춰주었다.

"으음. 장식물이라든가, 부채라든가?"

하지만 인테리어나 평소 사용하는 물건은 개인의 취향에 맞지 않으면 비참하다. 먹어서 없어지는 게 좋다고 생각하는 것은, 내가 귀찮은 걸 싫어하기 때문일지도 모르지만.

릿짱이라면 뭐든지 재미있어할 것 같고, 기뻐해 줄 것 같지만. 한 살 어린 친구의 미소가 떠올라 내 입가에 미소가 번진다.

초등학생 시절의 릿짱은 유난히 곡옥(勾玉)을 모아 방에도 장식했었는데, 지금도 수집벽이 있을까. 예쁜 곡옥을 찾아서 선물로 주면, 기뻐해 줄지도 모른다.

"과자라면, 역시 생야쓰하시? 그리고 말차를 재료로 쓴 것들이라든가……."

사나다는 아직 진지하게 생각하고 있는 듯했다.

"그러고 보니 난 교토의 유명 요리도 잘 몰라."

"아."

하긴 그렇다고, 고개를 끄덕인다.

"하지만 유두부라든가 유바는, 꽤 유명하지 않아?"

"그렇네. 그리고, 오반자이라든가."

"오반자이가 뭐야?"

"왠지 이렇게, 여러 종류의 반찬을 즐길 수 있는 느낌의."

"뷔페라는 뜻이야?"

어? 하고 사나다가 당황한다.

"뷔페, 인가? 그건……."

가볍게 질문한 건데, 사나다는 또 혼자서 고민하기 시작했다.

대화를 엿들었는지, 단순히 결투에 패배해서 한가해졌는지, 가게 밖에 있던 요시이가 다가온다.

"후지산밖에 없는 시즈오카 사람 주제에 교토 저격질 하지 마. 교토 사람한테 부채로 찔릴라."

무언가를 입에 가득 문 요시이의 한 손에는, 포장지가 쥐어져 있다.

"뭐야 그거. 고로케?"

"여행 중인 학생의 위장은, 무한대니까!"

의미는 모르겠지만, 무슨 말인지는 이해할 것 같다.

"으, 망했어. 요시이 때문에 살찌겠어."

돌아온 사토도 고로케를 입에 물고 있다. 아무래도 요시이에게 감화된 모양이다.

식욕을 자극하는 튀김 냄새가 코끝에 감돈다. 점심 전인데 끔찍한 유혹이다. 하지만 지금 고로케를 먹으면, 나는 이따가 버스에서 먹을 예정인 도시락을 못 먹는다. 오랜 기간 함께했기에, 내 위장의 용량은 파악하고 있다.

"아아, 진짜. 돌아가면 다이어트 열심히 해야지. 다음 달엔 구기 대회가 있잖아."

그러고 보니 그런 행사도 있었던 것 같다고, 나는 떠올렸다.

기억은 희미하다. 그 이유는 명료하다. 작년의 나는 구기 대회에 참가하지 않았다.

하지만 아이카와 스나오는 참가한 것으로 되어 있다. 종목은 배구였을 것이다. 나름대로 활약한 모양인지, 다른 반 친구들이 화제로 삼았었다.

"올해는 무슨 경기야?"

내가 화제에 파고든 것이 의외였던 모양이다. 사토는 눈을 동그랗게 뜨면서도, 설명해 준다.

"남자는 축구랑 농구, 여자는 소프트볼이랑 피구야."

나는 머릿속으로 검토한다. 소프트볼은 절대 무리다. 그렇다면 소거법으로, 선택지는 피구밖에 없다.

"사나다는 역시 농구?"

그런 생각을 하고 있었을 때, 요시이의 목소리가 들려 정신이 번쩍 들었다.

검토하고 있을 때가 아니었다. 남자 경기가 농구라는 것을 들은 시점에서, 가장 먼저 사나다를 신경 썼어야 했다.

안절부절못하는 나를 아랑곳하지 않고, 팔짱을 낀 사나다는 고개를 갸웃하고 있다.

"글쎄? 아직 구체적으로 생각 안 했는데."

사나다도 구기 대회의 경기에 대해 자세히 몰랐을 것이다. 갑자기 말을 들어도, 생각을 정리하는 데까지는 이르지 못했던 모양이었다.

"그렇구나. 뭐, 나도 아직 안 정했으니까."

요시이도 깊이 파고들 생각은 없었던 듯, 구기 대회 화제는 그냥 넘어갔다. 나는 남몰래 안도했다.

고로케를 다 먹은 요시이는, 꾸깃꾸깃 구긴 포장지를 휴지통에 버린다. 번들번들 기름으로 빛나는 입술을 미소 띤 모양으로 만들고 무슨 말을 꺼내는가 했더니, 이랬다.

“아이카와랑, 겸사겸사 반장도. 내일 말이야, 기모노 렌탈 안 할래?”

“안 해.”

“그냥 싫어. 춥고. 그보다 겸사겸사가 뭐야. 그리고 네가 보고 싶은 건 메이드복이잖아.”

성난 파도 같은 사토의 지적에도 요시이는 허둥대지 않는다.

“메이드복과 기모노의 매력은 또 별개라고. 그럼 됐어, 나랑 사나다가 입을 테니까.”

“어? 내가?”

말려든 사나다가 당황하고 있다. 요시이는 아랑곳하지 않고 사나다와 어깨동무를 했다.

“괜찮잖아, 평생 한 번뿐인 멋진 추억이 될 거라고. 이참에 기모노뿐만 아니라 머리도 만져줬으면 좋겠네. 이 머리를, 이 머리를, 가발로 만들려고 한 것이야! 하고.”

“뭐였더라, 그거.”

“『라쇼몽(羅生門)』에 나오는 노파의 대사!”

‘아아, 그거?’ 하고 떠올린다. 수업시간에 배운 기억이 있다.

“정확히는 ‘이 머리카락을 뽑아서’ 가 맞지만. 가발이 아니라 가체라는 물건이고.”

“저기, 있잖아. 자잘한 건 신경 쓰지 말거라.”

사토에게 정정당해도, 요시이는 신경 쓰지 않는다.

그러고 나서 문득 생각난 듯, 두리번두리번 주위를 둘러보는 시늉을 한다.

"그러고 보니 라쇼몽(羅生門)은 이 근처에 있어? 그거 교토가 무대 아니었어? 보러 갈 수 있으면 실제로 보고 싶을지도."

"지금은 안 남아있어. 지금으로 치면, 교토시의 센본도리 거리 근처에 있었다고 하고, 라쇼몽 터라는 게 있을 뿐이야."

"센본도리? 교토 사람들은, 왜 이렇게 '천 개(센본)'를 좋아하는 거야?"

"저기, 요시이. 슬슬 놔줘……."

억지로 어깨동무를 당한 상태인 사나다가 호소하고 있다.

그런 두 남자애를, 나는 눈을 흘기고 봤다.

"왠지 이 조, 엄청 망했어."

"그러게. 왜냐하면," 사토가 말을 끊고, 얼굴을 가까이 댄다. "거꾸로 포키니까."

"풉……."

지금 여기서 다시 나올 줄은 예상하지 못해서, 나는 딸꾹질하듯이 웃어버렸다.

성공했다는 듯 만족스럽게 웃는 사토에게 요시이가 장난을 치고, 사나다는 즐거운 듯이 눈꼬리를 내리고 있다.

나는 그런 조원들을 자연스럽게 둘러본다.

다른 세 사람이 어떻게 생각하는지는, 알 수 없지만…… 지금 네 명이 같이 있는 것은, 마음이 편했다.

◇ ◇

"너희도 도플갱어야?"

그렇게 물어본 모치즈키 선배는, 우리가 뭔가 대답하기도 전에 계속해서 말했다.

"그래서, 오늘 중에 시즈오카로 돌아가?"

후지노미야도 같은 시즈오카지만, 이 경우에는 시즈오카현이 아니라 시즈오카시를 가리킨다. 더 좁은 의미로는, 시즈오카역 근처만을 시즈오카라고 부르는 사람이 많다.

어딘가에 숙박할 예정이기는 하지만, 아직 숙소가 정해지지 않았다고 전하자, 모치즈키 선배는 황당해하는 얼굴을 하면서 "그럼 오후 네 시에 주차장 앞에서 집합이야."라고 말을 남기고 떠나갔다.

"집합……이라니, 무슨 의미일까?"

"글쎄."

설명이 너무 부족하지만, 아마도 질문에 대해 시간을 내서 이야기하고 싶다는 것이리라. 무시하면 후환이 무서우니, 우리는 모치즈키 선배의 말을 마음에 담아두기로 했다.

여우에게 홀린 듯한 기분이 들면서도, 나와 아키 군은 농장 레스토랑에서 뷔페를 즐기고, 방목된 수많은 양과 뛰놀고, 소 젖 짜기를 체험하고, 릿짱에게 줄 선물로 치즈 케이크를 사거나 했다.

실은 목장 안을 돌아다닐 때, 토끼나 기니피그에게 밥을 주는 모치즈키 선배를 보았다. 버터 만들기를 할 때도 느꼈듯이, 선배는 선배대로 목장을 만끽하고 있는 듯하다.

그건 정말 다행이지만, 등 뒤에서 말을 걸지 말라는 아우라를 느껴서 그때마다 자연스럽게 일정한 거리를 두었다. 군자는 위험한 곳에 가까이 가지 않는 법이다.

하지만 선배가 승마 체험에 도전하는 모습을 아키 군은 나무 뒤에서 몰래 동영상 촬영하고 있었다. 위험한 곳에 가까이 다가가는 아키 군이다.

그렇게 시계는 돌아, 오후 4시. 주차장으로 가 보니, 목장 간판 부근에 기다렸다는 듯이 모치즈키 선배가 서 있었다.

나는 침을 꿀꺽 삼켰다. 전해야 할 말은 확실히 있었다. 목장을 둘러보면서, 아키 군과도 이야기했던 것이다.

이 상황에서 숨겨도 아무 의미가 없다.

"모치즈키 선배, 저기……."

"기다려, 아이카와."

하지만 말하려던 나를, 모치즈키 선배가 한 손으로 제지했다.

여기서 이야기를 마저 할 생각이 아니었던 걸까? 의아하게 생각하고 있을 때, 시원시원하게 주차장으로 들어온 것은 흰색 자동차였다.

조수석 창문이 열리고, 거기서 꽃무늬 카디건을 걸친 할머니가 얼굴을 내민다.

"기다렸지, 슌짱."

"아니, 전혀 안 기다렸어."

깨끗하게 염색한 백발에, 동그란 눈. 온화한 얼굴 생김새. 미소를 지어 주면, 덩달아 표정 근육이 부드럽게 풀릴 듯한, 밝은 안도감이 있는 여성이었다.

아까 모치즈키 선배가 한 이야기를 감안하면, 어쩌면 이 할머니가 료 선배를 키워 준 부모님인 걸까?

웃는 얼굴로 모치즈키 선배를 보고 나서, 그 할머니는 뒤에 선 우리를 같은 표정으로 바라보았다.

"그 아이들은 누구니?"

"얘들은 저랑 료의 후배. 왜 있잖아요, 어제 말한 연극의."

"아! 할아범과 할멈? 아니면 아베노 우대신?"

"아베노 우대신은 없지만요. 얘들이 숙소를 아직 안 정했다고 해서요."

"어머나. 그렇다면 우리 집에 묵으러 오렴."

나는 그제야 정신을 차렸다.

일사천리로 이야기가 진행되어, 어느새 오늘 밤 숙소가 정해져 있다. 고마운 제안이기는 하지만, 갑자기 들이닥쳐서는 완전 민폐일 것이다.

게다가 료 선배의 부모님을 어떻게 대해야 좋을지. 고민하던 나는 조심스럽게 거절하려고 했다.

"저기, 하지만……."

"괜찮아, 사양하지 말고. 좁지만 다들 뒤에 타렴."

난처해져서 옆을 보자, 겁없는 아키 군은 이미 각오한 듯, 사회인처럼 정중하게 고개를 숙이고 있었다.

"호의에 따라서, 실례하겠습니다."

고개를 든 아키 군은, 나에게만 들리는 목소리로 속삭였다.

"가보자, 나오."

아키 군이 그렇게 말한다면, 나로서는 무리하게 거절할 이유가 없었다.

모치즈키 선배에 이어 뒷좌석에 타 보니, 운전석에는 무뚝뚝한 표정의 할아버지가 있었다.

네이비색 폴로셔츠에, 목에는 하얀 수건을 둘렀다. 백미러 너머로 머리를 숙였지만, 날카로운 시선은 나를 한 번 힐끗 보기만 했다.

이렇다 할 물건이 없는 차 안에서, 간단한 자기소개를 한다. 그렇긴 해도 할아버지…… 유타카 할아버지의 이름을 가르쳐 준 것은 옆에 있는 타에코 할머니였기에, 할아버지의 목소리는 듣지 못했지만.

온화한 분위기의 타에코 할머니, 대조적으로 험상궂은 얼굴의 유타카 할아버지. 얼굴이나 손이 햇볕에 잘 그을린 부부는 60대 초반 정도로 보였다.

낯선 향기가 나는 차 안은 조금 불안해진다. 안절부절못해서 엉덩이 위치를 몇 번이고 바꾸는 나를 눈치챘는지, 아키 군이 배낭에 가려지도록 손을 잡아주었다.

모치즈키 선배는 『신역 타케토리모노가타리』 이야기를 두 분에게 했던 모양이다. 그 이상으로 허물없는 분위기가 있어, 차

안에서는 거의 모치즈키 선배와 타에코 할머니만 대화하고 있었다. 나는 잡은 손의 온기를 느끼면서 가끔 맞장구를 치는 데 그치고, 유리창 너머로 바깥 풍경을 바라보고 있었다.

밀크랜드라는 다른 목장이나, 석양에 감싸인 초원에 방목된 소들. 멀리에는 붉게 물든 산맥과, 끝없이 펼쳐진 논밭. 후지노미야도, 아직 모르는 곳 천지다.

15분 정도 계속 달렸을 때, 좁은 샛길로 들어갔다.

단층 주택 옆에, 차량 두 대가 들어가는 차고가 있다. 왼쪽 빈자리에 차가 섰다. 나무로 된 차고에는 경트럭과 이름 모를 기계, 도구가 벽에 세워져 있었다.

감사 인사를 하고, 아키 군부터 차례로 차에서 내린다. 차고를 나오자, 정면에는 밭이 펼쳐져 있었다.

나는 그 풍경을 확인하듯이 바라봤다.

"여기는……."

석양에 비친 밭은 깨끗하게 흙이 북돋워져 있고, 무성한 녹색 잎이 춤추듯 바람에 흔들리고 있다. 하지만 저건 아무리 봐도 료 선배의 그림에 있던 채소가 아니다…….

"옥수수는 7월에 땄으니까. 저건 가을에 심은 감자랑 무야."

멈춰 서 있자, 뒤에서 유타카 할아버지가 가르쳐 줬다.

"취미로 하는 1단짜리 밭인걸. 료의 그림은 조금 과장했구나."

돌아본 내게, 유타카 할아버지가 빙긋 웃는다.

그 미소를 본 순간, 내 가슴을 실감이 채워나갔다.

틀림없다. 이 두 사람이 그림에 있던, 료 선배를 키워 주신 부

모님이다. 막무가내에, 성격이 조금 까다롭고, 누구보다도 진짜 다정했던 선배를 키운 사람은, 타에코 할머니와 유타카 할아버지 부부인 것이다.

근처에 강이 흐르는지, 졸졸졸 하는 물소리가 끊임없이 들려온다. 나는 그 소리에 귀를 기울이면서, 평평한 흙을 발바닥으로 곱씹듯이 밟았다.

맞이해준 것은, '모리(森)' 라고 한자가 걸린 문패다.

옛 일본의 정취가 느껴지는 가옥이라고 해야 할까. 스나오의 외가와 아주 닮은 모습이라서 그런지, 나는 어딘가 그리운 기분이 들었다.

미닫이문을 열고 토방에 올라선 타에코 할머니가 불을 켠다. 빛바랜 현관 벽에는 료 선배가 미술 시간에 그린 수채화가 압정으로 고정되어 있었다.

내 시선을 눈치챈 타에코 할머니가 가르쳐 준다.

"장례를 치를 때 학교 선생님이 가져다주셔서. 아들 부부를 통해 받았단다."

"그러셨군요……."

그 한 장만이 아니다. 복도에도, 비좁을 정도로 료 선배의 그림이 붙어 있었다.

생생한 자연을 그린 것이 많고, 겨울철의 후지산, 환상적인 폭포, 그 근처 길가를 떼어낸 듯한 평범한 그림이, 색연필이나 수채 물감을 사용해 선명하게 그려져 있다.

풀을 뜯는 소나 낮잠을 자는 양은 목장에 도화지나 캔버스를 가져가서 그린 것일지도 모른다. 지금보다 서툰 터치의 그림 전부에 어린 시절의 료 선배가 살아 숨쉬고 있다.

그중 몇 장에는, 풀로 붙인 작은 종이가 있다. 학교명이나 이름뿐만 아니라, 희미하게 빛나는 금색, 은색 스티커와 함께 어떤 상을 수상했다는 취지가 적혀 있었다. 액자에 넣지도 않고 그대로 건 그림들은 이 집의 일부가 되어 녹아들어 있었다.

여기저기서 료 선배가 미소를 짓고 있었다.

생활감이라고 부르기에는 훨씬 더 진하고, 숨을 쉬기도 힘들 정도로, 온통 료 선배로 가득했다.

현관이 다시 한번 열린다면 지금 바로 료 선배가 돌아올 것 같은 기운이 집 안에 가득했다. 혹은 복도 모퉁이를 돌면 소리를 내며 미닫이문이 열리고, 갑자기 매력적인 미소가 엿보일 것 같았다. 한 가지 신기한 것은 복도를 걷는 우리 모두가 두 번 다시 료 선배를 만날 수 없다는 것을 알고 있다는 점이었다.

"유화는, 없네요."

아키 군이 불쑥 중얼거렸다. 그러고 보니 그렇다. 나는 그렇게 생각했을 뿐인데, 타에코 할머니는 놓치지 않았다.

"료짱한테 한번 말해본 적 있단다. 필요한 도구가 있으면 사 줄 테니까, 그려 보지 않겠냐고."

"료 선배는, 뭐라고 했나요?"

"지금 생활이 언제 끝날지 모르니까…… 시간이 걸리는 유화는, 그리지 않는다고 했단다."

나도 아키 군도, 할 말을 잃었다. 타에코 할머니는 한 번도 돌아보지 않았다.

은은한 색채가 깃든 벽 옆을 지나, 타에코 할머니가 앞장선다.

삐걱, 삐걱. 복도에서 소리가 난다. 수학여행 셋째 날은, 분명 니조성을 견학할 예정이었을 것이다. 나는 스나오의 발바닥에서 울릴, 옛 성의 마룻바닥을 생각했다.

안내받은 거실은 식탁과 이어져 있다. 양쪽 모두 물건이 많아 어수선하지만, 따뜻한 생활감이 감도는 서양식 방이었다.

거실 중앙, 유리로 된 테이블에는 리모컨 받침이 있다. 좌식 의자가 두 개 나란히 놓인 카펫에는, 들판을 활기차게 달리는 산토끼가 그려져 있었다.

TV 바로 위에는 하루씩 넘기는 달력이 걸려 있다. 그리고 창가 벽에 붙여서, 작은 불단이 있었다. 무심코 보면 귀여운 나무 상자에 불과한 그것을, 내 눈은 확실하게 불단으로 파악했다.

작은 꽃병에 빨간색과 분홍색의 깜찍한 코스모스가 꽂혀 있었다. 향로에 담긴 재에는, 타버린 향의 끝부분이 슬쩍 보였다.

불단에 사진 액자는 없다. 나는 그 사실에 조금 안도했다. 지금 료 선배의 얼굴을 보면 처음 만난 사람의 집이라는 것도 잊고 눈물을 참을 수 없게 될 것 같았다.

"괜찮다면, 기도해 주겠니?"

타에코 할머니가 부드럽게 재촉하자, 나는 천천히 고개를 끄덕였다. 모치즈키 선배와 유타카 할아버지는 다른 방에 갔는지 보이지 않았다.

나는 방석에 무릎을 꿇고 앉았다. 성냥을 긋고, 촛대의 양초에 불을 붙인다.

종채로 경쇠를 살짝 치고, 투명한 소리의 여운이 멎어도, 잠시 손을 모은 채로 있었다.

나와 교대한 아키 군도 똑같이, 유골함 없는 불단에 기도하고 있다. 은은한 백단(白檀) 향기를 뿌리면서, 향의 연기는 완만하게 천장까지 올라간다. 그 너머로는, 도무지 나아가지 못한 채.

"사실은, 밭 옆에 만들어주고 싶었는데……."

타에코 할머니가 입을 다문다.

납골을 하지 않았다면 마당에 무덤을 만드는 것은 법으로 금지하지 않는다. 하지만 이웃의 눈이 신경 쓰여서 차마 그럴 수는 없었을 것이다. 그 안타까움이 절실하게 느껴졌다.

"이런 할머니가, 무슨 소린지 싶을지도 모르지만…… 우리는 말이다. 료짱을, 친딸처럼 생각했단다."

불단 근처에 가만히 선 타에코 할머니의 목소리가 연기를 흔드는 일도 없이 조용히 울린다.

"우리 집은 아들 하나만 있어서, 정말로 여자애가 귀여워서 어쩔 줄 몰랐지. 하지만 료짱은 이 집에 왔을 때부터 하나도 제멋대로 굴지 않는 아이라서…… 언제나 우리 앞에서는 미안해하는 것 같았어. 작은 여자애가, 기죽어 지내는 게 말이야. 솔직히 안쓰러웠단다. 나도, 스즈미짱과 똑같은 생긴 아이에게, 어떻게 해줘야 좋을지 몰라서."

침통하게 미간을 찌푸리는 타에코 할머니의 얼굴에, 희미한 미소가 떠오른다.

"그럴 때 남편이 말이지, 료짱의 조그마한 손에 씨앗을 쥐여 줬단다. 미니 토마토 씨앗. 모종부터가 아니면 키우기 힘든데, 료짱은 열심히 키우기 시작했지. 처음에는 화분에서, 자라면서 밭에 옮겨 심고. 오늘은 물을 얼마나 주면 돼요? 비료는 얼마나 주는 게 좋아요? 태풍 오는 날은 어떻게 하면 돼요? 먹기 좋은 때는 언제예요? 하고. 자주 이야기하거나, 웃게 되었단다. 료라는 이름을 준 것도, 그 무렵이었지…… 뺨을 붉히고 기뻐해 줬어. 내 이름이다, 나만의 이름이다, 하고."

그렇게 조금씩 가족이 되어갔다고, 타에코 할머니가 눈을 가늘게 뜬다.

나는 그 말을, 맞장구도 치지 못하고 말없이 듣고 있었다.

"료짱은 그림을 잘 그렸단다. 지자체에 상담해서 초등학교에 다닐 수 있게 된 뒤에도, 항상 멋진 그림을 그려서, 자주 선생님께 칭찬받았지. 그런데 어느 날, 날이 어두워져도 돌아오지 않은 적이 있어서, 이웃 사람들한테도 도움을 받아서, 다 함께 찾아다녔는데…… 그랬더니, 조금 떨어진 논에 있는 걸 찾았어. 논에 반딧불이가 날아다녀서 스케치하고 있었다고, 무척 예뻐서 그랬다고, 기쁘게 말하니까, 너무 귀여워서, 우리도 말이다. 화를 낼 수가, 없었는데……."

눈가의 주름을 더듬듯이, 눈물이 타고 흘러내린다. 타에코 할머니는 주머니에서 꺼낸 손수건을 바로 뺨에 댔지만, 다 빨아들이지 못한 눈물 몇 줄기가 뺨을 흘러내렸다. 손녀를 두 명이나 잃어버린 타에코 할머니의 슬픔이, 괴로움이, 흘러내렸다.

"료짱, 미안하구나. 우울한 분위기는, 싫겠지? 료짱도, 스즈미짱도, 슬프겠지?"

료 선배였다면, 뭐라고 말했을까.

타에코 할머니를 울게 한 내게 화낼지도 모른다. '나오, 우리 엄마 울리지 마.' 하고 질린 눈으로 볼지도 모른다.

부디, 그런 눈으로 나를 보기를 원했다.

"보고 싶구나, 료짱. 스즈미짱. 다시 한번만이라도 좋으니, 보고 싶구나."

간절한 부름을 귀에 담은 순간, 나 또한, 소리 내지 않고 울고 있었다.

타에코 할머니가 그런 나를 끌어안고, 머리를 토닥이며 가볍게 쓰다듬어 준다.

할머니 할아버지 부부의 향기. 차 안이나 집 안에서도 느꼈던, 흙과 햇볕의 향기. 따뜻한, 향기.

똑같은 것을, 료 선배도 품고 있었으리라. 이 향기에 안겨 호흡했던 것이다. 모리 스즈미를 연기하는 료 선배에게서는 완전 다른 향기가 났지만.

료 선배. 그렇게 마음속으로 불러도 대답은 없다. 목소리에 실어도 마찬가지다. 그날, 체육관에서 사라져 버렸다.

그래도, 어디에도 없는 것은 아니었다. 모두에게도 잊힌 것은 아니었다.

료 선배. 드디어, 집에 돌아오셨군요.

나는 잠든 료 선배에게, 슬며시 말을 걸었다.

제5화 레플리카는, 내던진다.

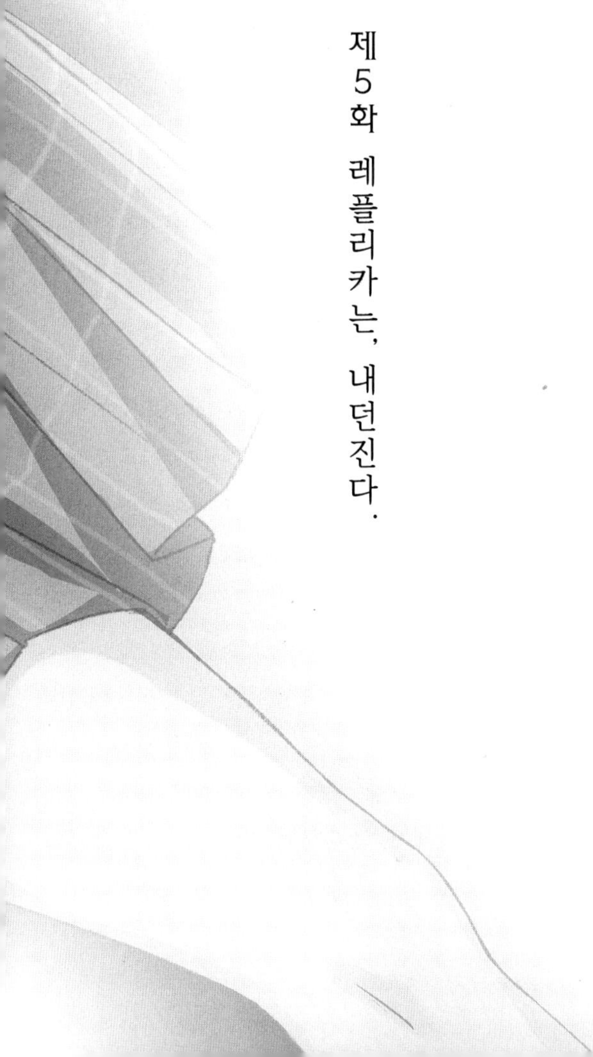

호텔로 돌아가면, 조금은 한가롭게 지낼 수 있다. 그렇게 생각했지만, 내 기대는 간단히 배신당했다.

각자 방으로 이동하고, 짐 정리를 채 마치기도 전에 저녁 식사 시간이 찾아왔다.

한 시간 뒤에는 대욕장으로 향했지만, 이것도 학급별로 옷 갈아입는 시간을 포함해 30분씩밖에 입욕 시간이 주어지지 않아서, 그야말로 정신이 없었다. 느긋하게 땀과 피로를 씻어낼 틈도 없었다.

하지만 그 뒤에는 잠잘 준비만 하면 된다. 창가 쪽 침대에 벌러덩 드러누운 나는 겨우 폐 깊숙이 고여 있던 숨을 내쉴 수 있었다.

방은 트윈룸이다. 같은 방을 쓰는 사토는 바쁘게 반장 회의에 나갔다. 반장뿐만 아니라 조장까지 해내는 활동력에는 같은 반 사람으로서 고개를 들 수 없다.

이전에 반장에 입후보한 이유를 질문받은 사토가 내신 점수 때문이라고 대답하는 것을 들은 적이 있지만, 그것만이 이유는 아닐 것이다.

복도에서는 드문드문 계속해서 여자애들의 밝은 수다 소리와 발소리가 들렸다. 각 방에서, 앞다투어 다른 방으로 놀러 가고 있는 모양이다.

목적지에는 다른 여자애들 방만이 아니라, 남자애들 방도 포함되어 있을 것이다. 눈에 불을 켠 선생님들에게 걸리면 틀림없이 불호령이 떨어지겠지만, 내가 알 바는 아니다.

방에서 혼자 마음 내키는 대로 엎드린 나는 스마트폰으로 촬영한 사진을 다시 본다.

뻗은 다리를 번갈아 움직이며, 화면을 스크롤해 간다.

"후후……."

도중에 무심코 웃는 이유는, 화면 가득히 표시된 사진이 입을 크게 벌리고 센본도리이를 먹으려는 요시이의 사진이었기 때문이다.

몇 번을 봐도 바보 같아서 웃음이 멈추지 않는다. 이렇게 시시한 일로, 정말이지, 바보 같지만…… 나도 사나다와 똑같다. 수학여행에 오길 잘했다고 솔직하게 생각할 만큼, 오늘이 즐거웠다.

이럴 줄 알았다면 여름방학 전 소풍도 적극적으로 참여할 걸 그랬다. 그랬다면 조금은, 무언가 달라졌을지도 모른다. 추억은 노랗게 물들고, 몇 년 뒤에도 그리워하며 떠올릴 만한 하루가 되었을지도 모른다. 지금 와서 후회해도 시간은 되돌릴 수 없으니까, 더더욱 그렇게 생각한다.

한바탕 웃고 나서, 살며시 입에 담는다.

"내일도, 기대된다."

작게 중얼거린 말은 실내에 울리지도 않고, 침대 아래로 떨어지듯 사라져 간다. 갈증을 느낀 나는, 몸을 빙글 돌렸다.

오후 8시 40분. 손안의 스마트폰에도 현재 시각은 표시되는데, 어째서인지 침대 옆 벽을 보게 된다. 벽에 박힌 디지털시계를 볼 때마다, 지금이 여행 중이라는 것을 실감하기 때문일까.

꾸물꾸물 일어나, 차콜그레이 색상의 스웨트 셔츠의 밑단을 편다.

난방 바람에 당했는지, 엉뚱한 방향으로 날아간 일회용 슬리퍼에 발을 집어넣는다. 스마트폰을 주머니에 넣고, 카드 키와 지갑을 손에 챙겨 방을 빠져나왔다.

차가운 문손잡이를 쥐고, 자동 잠금 장치가 작동하는 것을 확인하고 나서 복도를 걷기 시작한다. 안내서에는 호텔 약도가 실려 있어서, 자판기 위치는 파악하고 있었다. 1층 기념품 코너 옆의 문을 나오면 바로 있는 곳이다.

엘리베이터는 10층에서 멈춘 모양이라, 근처 계단을 이용하기로 했다. 계단을 내려갈 때마다 바닥이 얇은 슬리퍼가 짝짝 울리는 것이 왠지 어린애 같아서 영 기분이 좋지 않다.

1층에 도착할 때까지 같은 학교 학생만이 아니라 가족 단위 손님과도 스쳐 지나갔다. 큰 호텔이니까, 학교에서 통째로 빌린 것은 아닌 것이다.

로비를 가로질러 안으로 열리는 문을 통해 밖으로 나간다. 어둠 속에 나타난 작은 공간은 불규칙하게 깜빡이는 자판기 불빛만이 덩그러니 밝히고 있었다.

벽 쪽에 설치된 자판기 앞에는 사람 한 명 없다. 등받이가 있는 나무 벤치도 텅 비었다. 실외기가 놓인 그곳은 바람이 모이는 곳처럼 담배 냄새가 났다.

자, 뭘 마실지 고민한다. 물인가, 차인가. 과일 주스도 좋지만, 괜히 목이 더 마를지도 모른다.

자판기 앞에서 고민하고 있자, 공기가 흔들렸다. 왠지 시선을 돌리자, 방금 내가 지나온 문이 열려 있다.

"아이카와, 지금 시간 좀 괜찮아?"

거기에 서 있던 것은 세 명의 남자애였다.

모두가 다른 반 학생이다. 본 기억은 없지만, 애초에 나는 사람 얼굴을 잘 외우지 못한다.

그제야 나는 방에서 나온 것을 후회했다. 엎지러진 물이라는 말은 참 잘 만든 표현이구나 하고 남 일처럼 생각한다.

"상관없는데……."

말을 걸어온 그 애가 알기 쉽게 표정을 활짝 풀었다.

다른 두 사람은 격려하듯 그 어깨를 두드리고, "힘내라." 같은 말을 속삭이며 기념품 코너로 돌아간다. 나에 대한 일종의 괴롭힘인가 하고 의심하고 싶어질 정도로, 연극 같은 대화였다.

남겨진 그 남자애가 벤치 구석에 앉는다. 시선을 내게 보내서 그것이 옆에 앉으라는 의미임을 깨달았지만, 내 발은 땅에 꿰인 것처럼 그 자리에서 움직이지 않았다.

싸늘한 교토의 바람이 스쳐 지나간다. 유난히 나와 그 남자애와의 거리를 강조하듯이 불자, 내 마음도 싸하게 식는다.

수학여행 장소에서 새삼스럽게 할 말이 있다고 한 시점에서, 무슨 내용인지는 대체로 뻔하다.

모레의 자유 행동에서, 함께 교토를 돌아다닐 여자 친구가, 남자 친구가 필요하다. 추억을 만들고 싶다. 주위 사람들과 차이를 두고 싶다. 그런 식으로 생각하는 학생이 드물지 않다는 것을, 나도 알고는 있다.

"그래서, 할 말이 뭔데?"

오히려 나는 바라고 있었다. 예상이 빗나가기를.

내가 내려다보는 남자애는 앉아 있기 불편한 듯했지만, 그렇게 재촉하자 결심한 듯이 무릎 위에서 주먹을 쥐고, 단언했다.

"좋아해, 사귀자."

아아, 역시나…….

뻔한 답 맞추기가 끝나자, 낮 동안 좋았던 기분이 모래가 되어 온몸에서 빠져나가는 듯했다.

남의 눈을 아랑곳하지 않고 긁어모으고 싶었다. 필사적으로 모으면 아직 늦지 않을지도 모른다. 글쎄? 사실은 이미 늦은 거 아닐까?

멀리서 자동차 엔진 소리가 난다. 밤의 밑바닥 같은 어둠 속에 남겨진 나는, 나를 바라보는 두 눈에 대답해야 한다.

"지금은 누구와도, 사귈 생각 없어."

한숨 같은 목소리로, 나는 그렇게 대답했다.

이것은 내가 중학생 시절부터 쓰기 시작한 고정 멘트였다.

남자에게 고백받는 것은 드문 일이 아니다. 이전에는 앞에 '미안해' 를 붙이는 노력을 했지만, 생각지도 않은 말을 입에 담는 것은 에너지가 끔찍하게 많이 필요한 행위였다.

미안하다는 생각은 추호도 없다. 민폐라고 생각한다. 마음속 깊이, 싫다고 생각한다. 그렇게 솔직히 말했다간 내가 나쁜 사람이 된다는 것을 알고 있다.

분명 오늘도, 나는 나쁜 사람이 될 것이다.

남자애는 잠시 멍하니 있었는지, 간단히 물러서지는 않았다.

"그건…… 따로, 좋아하는 사람이 있어서 그런 거야?"

"없는데."

"그럼 괜찮지 않아? 처음에는 시험 삼아 사귀는 거라도, 전혀 상관없잖아."

이럴 때, 뭘 어떻게 말해야 정답 판정이 나올까.

"저기, 이제 이야기 끝내도 될까? 시간 낭비니까."

나는 담담하게 대답하고, 자판기로 시선을 돌렸다.

일일이 타인의 충격받은 얼굴이나, 굴욕이나 수치심으로 새빨개진 얼굴을 보고 싶지는 않았다. 내가 본 것은, 또 다른 나도 공유하는 것이다.

또 문이 열린다. 보호자 대신인 친구 두 사람이, 우리 사이에 흐르는 싸늘한 공기를 눈치채고 달려온 것이리라.

세 사람이 작은 목소리로 이야기한다. 내게는 일부만 들린다. 고백을 거절당한 남자애는 일부러 발뒤꿈치를 쿵쿵 울리며, 등을 돌리고 떠나간다. 그것을 뒤쫓지 않는 것은, 여자와 남자의 차이일까.

한 남자애가, 말한다.

"뭐랄까, 아이카와는 말이야."

나는 맹렬할 정도로 싫은 예감을 느꼈다.

오른쪽에 선 남자애의 얼굴은 낯이 익었다. 이름이 가물가물한 그 아이는, 나와 같은 초중학교 출신이었다.

내 안의 내가 순간적으로 귀를 막으려 한다. 듣지 않아도 돼. 어서 이 자리를 뜨면 돼. 언제나 나는 그렇게 해서, 나 자신을 지켰을 텐데.

하지만 한편으로는, 들어야 한다고 생각한다. 나는 그러려고 여기에 온 것이라고 생각한다.

도망치지 않기로 결심했으니까, 나는 지금 여기에 있다.

도망치고 싶은 나도, 여기에 있다.

상반된 내가 오른쪽과 왼쪽에서 각각 허둥지둥 움직이려 한다. 내 몸은, 피를 뿜어내며 반으로 갈라진다.

2미터 앞에서 입술이 움직이는 것을, 피투성이가 된 나는 말없이 바라보고 있었다.

문이 열린다…….

동전만 손에 쥔 사토가, 벤치에 멍하니 주저앉은 나를 발견하자마자 한 손을 들었다.

"오, 아이카와잖아. 어쩐지 방에 없더라."

나는 대답하지 않았다. 사토는 신경 쓰지 않고, 자판기에 뭐가 있는지 확인하고 있다.

"뭐 사러 왔어? 나는 겨우 반장 회의가 끝났어."

"아, 피곤해."라고 말하면서, 사토는 어깨를 돌린다. 피곤하다는 말과는 어울리지 않을 정도로, 옆에서 본 그 모습은 상쾌하다.

몇 분, 혹은 몇십 분을. 멈췄던 내 시간을, 사토가 움직인다.

그래서인지, 아니면 그저 숨길 기력이 없었기 때문인지. 나는 꾸미지 않고 솔직하게 대답했다.

"나는, 아까 고백받은 참이야."

"오오. 역시 아이카와 스나오, 인기 폭발이네."

활기차게 웃으면서, 사토가 자판기에 동전을 넣는다.

짤랑, 짤랑, 덜컹. 배출구가 뱉어낸 작은 캔을 집고, 사토는 조금 거리를 두고 옆에 앉았다.

그 손에 있는 것은 콘 포타주 캔이었다. 녹차나 말차 라테라는 라인업 중에서 굳이 선택한 것은 교토에 대한 반골 정신이 고개를 든 결과일까.

사토는 캔 뚜껑을 따기 전에 마시는 입구 아래를 손가락으로 꾹 눌러 찌그러뜨리고 있다. 의아하게 보고 있자, 내 시선을 눈치채고 쑥스럽게 웃는다.

"이렇게 하면 한 톨도 남김없이 콘을 먹을 수 있다고 TV에서 그랬거든. 문득 생각나서, 진짜인지 시험해 보고 싶어져서."

후후, 하고 입김을 불면서, 사토는 조금씩 콘 포타주를 맛보고 있다.

"이건, 대답하기 싫으면 무시해도 되는데 말이야."

"……."

나는 경계했다. 흥미 위주로 고백한 상대가 누구냐고 물어볼 것이 명백했다.

"혹시, 고백 말고 다른 말도 들었어?"

내 예상은 빗나갔다. 사토는 피어오르는 김 사이로 그렇게 물어봤다.

대답할 필요는 없었다. 하지만 나는 그 순간 머리에 피가 쏠린 것처럼, 목덜미가 확 뜨거워지는 것을 느꼈다.

말하고 싶다고 생각했다. 들어주면 좋겠다고 생각했다. 이야기하고 싶었다. 털어놓고 싶었다.

열은 온몸으로 퍼져나간다. 멈추지 못하고 고개를 숙인 나는, 무릎 위에서 오른쪽 손등으로 손톱을 박았다.

따끔하고 날카로운 아픔은 현실감이 없어서, 목소리가 떨리지 않도록 염원하면서, 작게 입을 연다.

부탁이니까.

누구라도 좋으니까, 들어줘.

"아이카와는 상냥함이 하나도 없네, 라고 했어. 고백한 남자애의 친구가 한 말이지만."

"우웩."

사토는 쓴 것을 잘못 삼킨 것처럼 혀를 내밀고 얼굴을 찡그렸다. 혀가 희미하게 노래졌다.

"뭐야, 그거. 진짜 짱이네. 관심도 없는 사람을 왜 상냥하게 대해야 하는데. 그보다 고백하는 데 친구 데려오는 건 또 뭐야? 화장실도 같이 가?"

여기에 없는 남자애들을 향해, 사토가 불평을 늘어놓는다. 들으면 속이 시원해져야 할 말에, 나는 동의할 수 없었다.

손톱은 한층 더 강하게 파고든다.

내게 뱉은 말은, 그게 끝이 아니었다.

"옛날에는 더, 상냥한 아이인 줄 알았대……."

"응? 옛날이라니?"

남자애들 중에 같은 초중학교 출신이 있었으니까. 그렇게 잘 설명할 수 있었는지 어떤지 알 수 없었다.

사토가 무언가 말하기 전에, 내 목구멍에서는, 그렇지 않은 소리가 연이어 흘러나왔으니까.

"난, 어째서. 이렇게, 언제나…… 틀려먹은 걸까."

나 자신에게 틀려먹었다고 직접 말하는 것은, 괴롭다.

정말로 맞는 말이라고, 실감하는 느낌이 든다. 가슴 한복판에 낙인이 찍혀, 두 번 다시 벗어날 수 없을 것 같은 기분이 든다.

그래서 나는 언제나, 가급적 말로 하지 않는다. 안쪽으로 눌러 숨긴다. 누구에게도 보이지 않게끔, 깊이 숨긴다.

그러지 않으면 나는 똑바로 서 있을 수 없다.

"아이카와, 너무 신경 쓸 거 없다니까."

사토가 웃는다. 너무 오버한다고, 내가 내뱉은 한심한 말을 비웃는다.

하지만 나는 아니라고, 고개를 강하게 가로젓는다.

"나는, 아무도 상냥하게 대할 수 없는걸!"

어느새 나는, 소리치고 있었다.

머리를 앞으로 내밀고, 몸을 구부리고, 폐가 찌그러져서, 괴롭고, 머리가 아프고, 눈 안쪽이 불타는 것처럼 뜨거워서, 그렇게 내는 목소리는 들은 누군가의 고막마저 상처 입힐 듯이 까칠했다.

손톱이 부드러운 피부를 찢는다. 이 사이로 호흡이 드문드문 흘러나온다.

몸에는 대단한 상처도 남지 않는데, 어째서 나는, 이렇게 아픈 걸까?

"사, 상냥하게 대하고 싶, 은데. 상냥한 사람이 되고 싶, 은데. 그 애처럼. 그 애처럼!"

"그 애라니……."

보기 흉하다. 내가 생각해도 듣기 거북한 걸 아는데, 말이 멈추지 않는다. 줄곧 가두어 두었던 것이, 떨리면서 흘러나온다. 주위를 향해 만들었던 벽이, 막이, 한계를 맞이하여 너덜너덜하게 벗겨져 떨어진다.

그 안에서 무릎을 끌어안은, 나약한 내가 드러난다. 누구에게도 보이고 싶지 않은, 있는 그대로의 자신이.

"난, 이렇게, 항상 괴로워서…… 어째서인지…… 마음에도 없는 말이나, 차가운 말만 해버려. 목구멍에서 튀어나, 와서. 멈추려 해도, 안 돼. 전혀, 안 돼서."

틀렸다. 나는 정말로, 틀려먹었다.

틀렸다, 틀렸다, 언제나, 틀려먹었다.

나는 내가 얼마나 못된 인간인지 알지만, 그것을 나 스스로는 어떻게 할 수가 없다.

아아…….
누구와 함께 있어도, 외톨이라고 깨달은 것은, 언제부터일까.
처음은 분명, 외모가 계기였다.
내 용모가 남들의 눈길을 끈다는 것은, 철들기 전부터 알고 있었다. 스쳐 지나가는 사람이 귀엽다고 손으로 가리키는 일이 많았다. 모르는 사람이 말을 걸거나, 사진을 찍으려 한 적이 종종 있었다. 유리 너머에서 생활하는 동물처럼, 나는 허락 없이 촬영해도 되는 무언가로서 다루어지고 있었다.
하지만 태어날 때부터 갈색인 머리가 싫지는 않았다. 색소가 연하고 커다란 눈도, 작은 코도, 긴 팔다리도. 부모님이 내게 준 것을, 원망할 수는 없었다. 나는, 나를, 소중히 잘 여기고 싶었던 것이다.
싫을 때는, 싫다고 말하기로 했다.
안 될 때는, 안 된다고 화내기로 했다.
그런 나 자신으로 괜찮다고 생각했지만, 어느 때부터인가 조심스럽게 지적받거나, 뒤에서 수군거리는 험담을 듣게 되었다.
○○는, 요즘 뭔가 차갑네. 무섭네. 가시 돋친 말투를 쓰네. 여러 가지 말을 써서, 내가 상냥하지 않다는 것을, 여러 입술이 사실로서 이야기한다. 나를, 가차 없이 포위해 나간다.
그 남자애가 말한 것도 마찬가지. 내게는 상냥함은커녕, 상냥함의 조각조차, 없다.
인간다운 온정이 없다. 배려를 할 수 없다. 타인에 대한 배려가 없다. 결여됐다. 결락됐다. 결함품인 것이다.

그래서 아무것도 모르는 주제에, 나를 좋아한다고 아무렇지 않게 지껄이는 인간이, 싫다.

왜냐하면 나는 이런 내 자신이, 조금도 좋지 않으니까.

"사실은 어쩔 수 없다는 거, 알고 있어. 난…… 진짜가, 아니니까."

격한 감정이 다 지나가면, 다음은 허무해질 뿐이었다.

녹초가 되어 지쳤는데도, 머릿속은 삶아지는 듯한 열을 내뿜고 있다. 욱신거리는 두통을 참으며 신음하듯 중얼거리자, 그 말을 놓치지 않은 사토가 끼어들었다.

"진짜가 아니라니, 무슨 말이야?"

관자놀이를 한 손으로 누른 나는, 괴이쩍게 쳐다본다.

헝클어진 머리카락 사이로 엿본다. 벤치에 손을 짚고 상체를 내민 사토는 뚫어지게 나를 바라보고 있었다. 그것이 묘하게 진지한 얼굴이라서, 나는 희미하게 웃었다.

이런 이야기를 해도, 똑바로 이해할 리가 없다. 기껏해야 정신이 이상한 애로 여겨서, 내일부터 거리를 두게 될 뿐이다.

하지만 아무래도 좋았다. 지금 와서 뭐가 어떻게 되든, 더는, 상관할까 보냐.

자포자기한 기분이 되면서, 나는 입을 열었다.

"난, 나와 꼭 닮은 분신…… 레플리카를 만들어낼 수 있어."

머리를 쓸어 넘기며, 어두운 밤하늘을 올려다본다. 교토의 하늘에서는 달도 별도 거의 보이지 않는다. 까만 천을 꺼내 마구잡이로 붙인 듯한, 그런 무례한 검은색 하나가 하늘을 가두고 있는 듯했다.

“계기는 별거 아니었어. 나보다 어린 친구와 싸우고, 사과하러 갈 수 없었는데, 어느새 나와 똑같이 생긴 누군가가 눈앞에 있었어.”

그 순간, 심장이 두근거렸던 것을 기억하고 있다.

왜냐하면 다른 누구도 자기 분신을 만들 수는 없으니까. 혹시 나는 조금 특별한가? 이야기 속 마녀의 피가 흐르거나 하는 걸까? 그렇게 생각하니, 가슴이 두근두근 뛰었던 것이다.

“도와달라고 부르면, 어디선가 나타나. 비밀 친구가 생긴 것 같아서 즐거워서, 부모님 몰래 같이 놀고, 자주 과자를 반씩 나누어 먹었어. 가위바위보로 비긴 최고 기록은, 고작 열두 번이지만. 하지만 처음에 보를 내는 버릇은 똑같았네……. 그 뒤에도 가끔씩 역할을 바꿔서 반 아이들을 속이고, 재미있어하거나 했어. 그런 식으로 매일을 보냈어.”

옆에서 반응은 없다.

갑자기 시작된 망상 이야기에, 넋이 나간 걸까? 상관하지 않고, 나는 계속 이야기한다.

“나, 옛날에는 다들 나를 나오짱이라고 불렀어. 가족이나 릿짱이나, 다른 친구들도. 그래서 나도, 레플리카를 나오라고 불렀어.”

“릿짱이라면, 그 애인가. 문예부 1학년. 아베노 우대신.”

사토가 중얼거린다. 아무래도 이야기는 제대로 듣고 있었던 모양이다.

히로나카 리츠코니까, 릿짱. 아이카와 스나오니까, 나오짱.

초등학생 시절에는 친한 애들끼리 이름을 줄이거나 별명으로 부르는 것이 정석이었고, 그것이 친애의 증표였다. 가족에게는 리츠코라고 불렸던 그 아이를 릿짱이라고 부르기 시작한 것은 나다.

릿짱은 상냥하고 밝은 아이다. 공부는 못 하지만, 흥미 있는 분야에는 끝까지 긍정적이고, 박식한 친구.

나의, 소중했던 친구.

"그런데 어느 날, 깨달았어. 릿짱은 언제부턴가, 나를 '스나오짱' 이라고 불렀어."

불린 직후에는, 깨닫지 못했다.

하지만 일단 지나간 뒤, 서서히 시간을 들여 파도처럼 밀려온 그것은 내게 강한 공포와 초조함을 주었다. '설마, 기분 탓이겠지.' 하고 꼴사납게 버티고 있었지만, 다음 날도, 그다음 날도, 몇 번인가 불리면서 확신에 이르렀다.

"릿짱은 뭐랄까, 눈치가 좋은 애라서…… 이른 단계에서, 어렴풋이 레플리카의 존재를 눈치챘던 거야. 그래서 나를 '스나오짱', 레플리카를 '나오짱' 으로 구분하고, 구별하게 된 거야."

"그건……."

사토가, 무언가 말을 꺼내려다 입을 다문다. 이어질 예정이었던 말을, 나는 표정 근육 하나 까딱하지 않고 받아들였다.

"웃기지? 릿짱에게, 나는 가짜가 된 거야."

지금까지의 나오짱에 가까운 쪽을, 지금까지처럼 나오짱이라고 부른다.

지금까지의 나오짱과 다른 쪽을, 새롭게 스나오짱이라고 부른다.

그것을 알았을 때, 나는, 사라져 버리고 싶어졌다.

릿짱을 탓할 생각은 없다. 지금도 원망하지 않는다.

하지만 나는 괴로웠다. 충격을 받았다. 혼자 있을 때, 침대에 누웠을 때, 눈물이 난 적이 몇 번이나 있었다.

왜지? 내가 뭐 잘못했어?

릿짱에게, 왜 나는 가짜가 된 거야?

"레플리카에게는, 아무 말도 안 했어?"

"했어. 나오는 줄 수 없다고, 나한테 돌려달라고. 하지만, 의미가 없었어."

호소하는 말의 의미는, 제대로 전달되지 않았다. 내가 가진 것과 똑같은 것을 가지고 태어나는 나오에게, 자신이 무언가를 훔치고 있다는 자각이 있을 리도 없었던 것이다.

게다가 레플리카는, 내 감정까지는 공유하지 않는다. 본인의 입으로 들은 바로는, 내 눈을 통해 본 영화를, 멍하니 관객으로서 바라보고 있는 듯한 감각에 가까운 모양이다.

주인공이 무엇을 느끼고, 무엇을 말하려고 했는지. 전혀 이야기되지 않는 이상, 관객은 각자의 시점을 이용해 애매하게 판단할 수밖에 없다.

내 마음에 상처를 입힌 수많은 사건도, 그것을 알 터인 나오에게는 전혀 다른 의미가 되어 있다. 나오는 줄 수 없다고, 용기를 내어 전한 것도, 그저 심술궂은 짓으로 받아들여졌을지도 모른다.

우울해진 나는 더 말하기 귀찮아졌다. 중학교에 올라가자, 수업도 명백히 따라갈 수 없게 되었다. 초등학교 6학년 때 시작된 생리에도 시달려서, 여러 가지가 잘 풀리지 않게 되었다.

그럴 때였다. 나오가 '공부를 도와줄까?' 라고 제안했다. 나는 그 제안을 거절하고, 대신 시험 보고 오라고 대답했다.

내 생각대로, 다음 날부터 나오는 원활하게 아이카와 스나오의 역할을 수행했다. 마음 한구석에서 기대했던 문제나 마찰은 아무것도 생기지 않았고, 그 입으로 이야기하는 학교생활은 꿈 같은 이야기처럼 순탄했다.

그 해 여름, 릿짱이 부모님의 일 때문에 이사를 갔다. 나는 외로우면서도 한편으론 조금 안도했다. 그것은 내게 하나의 계기가 되었던 것이다.

나는 나 자신을, 나오에게서 멀리 떨어뜨리기로 결심했다. 이대로는 내가, 나를 알 수 없게 되어버린다. 나오가 아이카와 스나오에게서 떨어지는 일이 없는 이상, 내가 의식해서 떨어지는 수밖에 없었다.

우선 공부를 못 하고, 운동도 못 하는 것으로 하자.

프레첼이 아니라, 포키를 좋아하는 것으로 하자.

취미, 기호뿐만 아니라, 학교에서의 생활 방식도 바꿨다. 반에서도 튀는 여자애들과 어울려, 같이 화장실에 가고, 방과 후를 보내도록 한다.

집단 속의 한 사람이라는 기호로 있는 것은 마음 편했다. 그 대신 과거의 친구와는 소원해졌고, 속내를 터놓고 이야기할 친구는 한 명도 사귀지 못했지만.

희박한 인간관계 속에 있으면서, 바꾸자. 떠오르는 모든 것을 계속 바꾸자. 하지만 그런 것을 반복하는 동안, 자신이 무엇을 좋아하고, 무엇이 싫은지를 잃어간다.

나는…… 어떤 인간이었더라?

마지막에 거울 속에 비친 것은, 아이카와 스나오의 허물 같은 생물이었다.

"그렇구나. 지금까지 착각하고 있었어."

한참이 지나, 사토가 입을 열었다.

캔은 이미 차갑게 식었을 텐데, 아직도 양손으로 쥐고 있다. 그것은 사토가 내 이야기에 더할 나위 없이 집중해서 귀를 기울이고 있었다는 것을 의미한다.

"난, 알고 있었어. 확신한 건 청릉제 준비 기간 중이었지만."

나는 그 말에 별로 놀라지 않았다.

"숨기는 솜씨가 너무 형편없다고 생각해서, 찬찬히 관찰하거나 했거든. 하지만 아니었어. 아이카와는 처음부터, 숨길 생각 따위는 없었던 거구나."

" 딱히 숨기고 있는 것도 아니니까."

릿짱에게 간파당한 시점에서, 다른 누구에게 들키든 아무래도 좋았다. 절대로 들키지 말라고 엄명한 것은, 나오를 함부로 다루는 것으로 내 마음을 달래고 있었기 때문이다.

나는, 그런 짓으로밖에.

"아이카와는, 레플리카를 지우려고 생각한 적은 없어?"

"생각했어, 그야말로 셀 수 없을 만큼."

생각해 보면, 지독히 간단한 일이다. 내가 나오를 부르지 않는다는 선택지를 고르기만 하면, 나오는 두 번 다시 나타나지 않는다. 왜 그런지 결정권은 지금도, 가짜 같은 내가 쥐고 있다.

이번 여름방학이 현저했지만, 실제로 몇 번인가 마음먹고 실행해 본 적도 있다.

"하지만 무리였어. 결국, 몇 번이고 불러버리는 거야. 왜냐하면…… 걔가, 진짜 아이카와 스나오니까. 걔가, 뭐든지 더 잘하니까."

아무리 참아도, 정신을 차리면 허공을 향해 부르고 만다. 나는 나오를 두려워하면서, 나오를 원하지 않을 수 없다.

고작 16년의 인생인데, 힘든 일이 너무 많다.

그룹 여자애들에게, 뒤에서 비주얼 담당으로 불리는 것을 알았다. 여자들 모임이라며 끌려간 소개팅에서, 한 시간 만에 가도 된다고 웃는 얼굴로 내게 손을 흔든 이유를, 거기서 겨우 깨달았다.

좋아하는 사람을 빼앗겼다고, 억울하게 내 앞에서 우는 아이가 있었다. 모두가 그 아이를 저마다 위로했다. 아이카와는 그런 구석이 있으니까 어쩔 수 없다고. 나는 그 아이가 좋아하는 남자가 누구인지도 몰랐다. 분명 말해 본 적도 없는 상대였다.

그런 짓을 당할 때마다, 나는 산산조각이 난다. 다시 일어설 수 없게 된다. 견딜 수 없게 된다. 나오의 도움을 받지 않으면, 살아갈 수 없게 된다.

내가 말하기도 뭐하지만, 나오에게 있어서 나는 신 같은 존재라고 생각한다.

언제나 나오는, 긴장해서 굳은 얼굴로, 떨리는 눈빛으로, 나를 똑바로 바라본다. 내 일거수일투족을, 한마디 한마디를 놓치지 않으려는 듯, 팽팽하게 온몸을 긴장시킨다. 주인의 말을 듣는, 잘 훈련된 개처럼.

사람과 신은, 서로 이해할 수 없다. 그런 현실에 좌절하면서, 나는 나오가 품은 환상을 필사적으로 덧그리고, 정신없이 지키려 하고 있다.

나는, 자주 눈을 감는다. 창밖을 본다. 내 생각을 최대한 입 밖으로 꺼내지 않는다.

의미 있는 것을 보지 않으면, 듣지 않으면, 나는 나오와 공유하지 않아도 된다. 알려지지 않아도 된다. 내가 이미 가짜로 전락했다는 것을, 신 따위가 아니라는 것을, 들키지 않을 수 있으니까.

그때 나는 작게 헛기침을 했다.

말을 많이 해서 그런가 했지만, 애초에 방을 빠져나온 이유가 목이 말랐기 때문이었다. 그것이 어째서, 고백을 받거나, 고백을 하거나 하는, 이런 일이 되었는지.

참 바보 같다고 생각하면서, 다시 한번 자판기를 보려 했을 때였다. 옆에서 강한 시선이 느껴져, 반사적으로 눈을 돌린다.

사토가 나를 보고 있었다. 쏟아지는 시선은 무서울 정도로 진지하고, 귀기가 서릴 정도다.

거북해진 나는 가볍게 몸을 움직였다.

"사토?"

입안에서, 사토가 작게 중얼거린다. 말은 알아들을 수 없지만, 무언가 생각을 정리한 듯한 모습이었다.

그리고 고개를 위아래로 움직였다.

"그렇구나. 알았어, 아이카와. 나, 알 것 같아."

납득한 듯한 사토의 목소리가 바싹 마른 내 가슴에 스며든다.

사토는 지금, 무언가, 나조차 깨닫지 못한 무언가를, 깨달아 주었을지도 모른다. 질리지도 않고, 나는 그런 식으로 느낀다.

그 내용을, 나는 지금 바로 듣고 싶었다. 그런데도 뜸 들이듯이 턱에 손을 댄 사토가, 뒤를 빙 돌아본다.

"참고로 그쪽도 아이카와랑 비슷한 상황으로 알면 될까?"

나는 눈을 동그랗게 떴다.

사토가 쳐다보는 건물의 뒤쪽. 거기서 키가 큰 사람의 실루엣이 체념한 듯이 나온 것이다.

"사나다?"

"미안해……. 엿들을 마음은 없었는데."

뺨을 긁적이는 사나다는, 미안한 눈치로 힐끔힐끔 나를 보고 있다. 그 반응으로 봐선 꽤 일찍부터 엿듣고 있었던 모양이다.

"그나저나 용케 눈치챘네."

"검도부 얕보지 마. 살기로 눈치채니까."

"그런 거 없었거든……."

"아, 알았다. 사나다 군도, 아이카와한테 고백 타임인 거지?"

성난 파도 같은 기세로 놀림당하자, 사나다는 항복하듯이 두 손을 들었다.

"아니야. 목이 말라서, 저쪽 문으로 나온 거야."

저쪽이라고 말한 사나다가 턱짓한 곳은 이미 너무 어두워서 잘 보이지 않았다. 즉, 기념품 코너 앞의 문이 아니라 다른 출입구를 사용했다는 뜻이리라.

"아이카와, 뭐 마실래? 내가 살게."

사나다의 제안에, 사토가 "저요, 저!" 하고 힘차게 손을 든다.

"나는 쿠우 백포도 사줘!"

"사토한테는 산다고 안 했는데. 뭐, 상관없나."

동전을 넣은 사나다가 같은 버튼을 연속으로 세 번 누른다.

작은 사이즈의 페트병을, 맨 먼저 건네받았다.

"자."

난 아직 아무 말도 안 했는데.

"고마워……."

석연치 않지만, 일단 받아두었다. 일단, 엿들은 것에 대한 사과인 모양이니까.

사나다는 레버를 움직여 거스름돈을 회수하고 있다. 웅크린 등을 바라보면서, 나는 페트병 뚜껑을 열었다.

생각했던 것 이상으로 몸에 열이 있었던 모양이다. 달면서도 깔끔하고 차가운 주스를, 한 번에 절반 가까이 마셔버린다.

사토를 가운데에 두고, 사나다가 벤치 오른쪽에 걸터앉는다. 한숨 돌렸을 때, 사토가 입을 열었다.

"그래서 말인데, 아이카와도 사나다 군도, 레플리카…… 자기랑 똑 닮은 분신을 만들어낼 수 있다는 거지?"

확인하듯 묻는 말에, 나는 고개를 끄덕였다. 사나다는 망설이는 기색을 보이면서도 턱을 움직였다.

정면에서 그런 지적을 받긴 처음이었다. 물론 사나다도 마찬가지일 것이다.

본인이 느끼는 것보다도, 모두가 자기 일에 필사적이다. 자신의 생활 태도, 학업 성적, 연애나 친구 관계에만 신경을 쓸 뿐. 언제나 자기 일상의 연장선상에 타인이 있을 뿐인 것이다.

하지만 사토는 통찰력이 있는 데다, 특정 그룹에 속하지 않고, 부감적으로 주위 사람을 잘 보고 있다. 그래서 나와 사나다에게 느꼈던 이상함을 놓치지 않았던 것이리라.

그리고 또 하나. 상식적인 사람이라면 조금 수상하게 여긴 정도로는 타인에게 아무 말도 하지 않는다.

"그렇구나, 알았어. 그래서 두 사람 다, 지금부터 긴 이야기를 좀 해도 될까?"

나는 주머니에서 스마트폰을 꺼냈다. 내 손가락에 반응해서 야간용의 어두운 빛이 액정 화면에 켜진다.

오후 9시 27분. 취침 전 점호가 있을 때까지, 앞으로 20분 넘게 남았다.

벤치에 닿는 엉덩이와 등이 차갑다. 덤으로 발도 시리기 시작했다.

하지만 나는 사토의 이야기를 들어보고 싶었다.

"괜찮아."

사나다도 이의가 없는 듯, 말없이 고개를 끄덕이고 있다.

"고마워."

사토는 "후." 소리를 내며 숨을 내쉰다.

등받이에 기댄 어깨에서, 힘이 빠져나간다. 운동복에 감싸인 다리가, 축 늘어뜨려진다. 그것은 그녀가 자신을 진정시키기 위한, 일종의 의식이었을지도 모른다.

"뒤풀이 파티 때의 일인데. 체육관에서 모리링 회장이 사라져 버린 걸 보고…… 나, 떠올렸어. 나도 중학생 시절에 또 다른 내가 있었구나 하고."

나는 두려워하며 물었다.

"그거…… 혹시 사토에게도, 레플리카가 있다는 뜻이야?"

어딘가 체념한 듯한 미소를 띠고, 사토는 고개를 가로젓는다.

"이젠 없어."

그 말의 의미를, 나는 정확하게 파악하지 못한다.

이젠 없다니, 무슨 의미일까? 나오는 한번 지워도, 부르면 나타난다. 죽어도 다시 나타났다. 나와 똑같은 옷을 입고, 아무 일도 없었다는 듯이.

"예를 들어서 말이야. 친한 친구…… A가 반에서 따돌림을 당하고 있다고 치자."

사토는 지금, 자기 자신의 과거를 이야기하고 있다. 그것을 알았기에, 쓸데없는 참견은 하지 않았다. 그저, 오히려 경쾌하게 들리는 목소리에 귀를 기울이고 있었다.

"내 안에는 A를 구해주고 싶은 나와 구해주고 싶어도 구해주지 못하는 내가 동시에 존재해. 친구를 멋지게 구해줄 수 있다면 진짜 좋겠지만, 만약 그러다가 나까지 따돌림당하거나, 고립되면 어쩌나…… 같은 생각을 하는 건, 인간이라면 당연하잖아?"

학교라는 장소는, 종종 사회나 국가에 비유되곤 한다.

한정된 인간관계가 구축되는, 특수한 공간. 그룹 밖 인간에게는 배타적이고, 폐쇄적이고, 그 안에서 일어나고 있는 사건의 대부분은, 외부로 새지 않는다.

"나는, 그게 무서웠어. 하지만 A를 구해주고 싶었어."

오른손과 왼손의 검지. 보기에는 거의 똑같은 모양을 한 두 명의 사토가, 부딪치며 흔들린다.

"그럴 때, 만약 A를 구해주고 싶다고 앞뒤 안 가리는 마음만을 우선할 수 있다면. 다른 전부를 내팽개치고, 그저 우정만을 위해 다른 모든 것을 희생할 수 있는…… 그런 강한 내가 있어 준다면."

핏방울을 튀기며 양자는 계속 부딪힌다. 오른손은 마침내 무대에서 떨어져 나간다.

그렇게 그 자리에 남은 것은, 왼손의 검지. 딱 한 사람의 사토코즈에.

“그렇게 태어난 레플리카는, A를 감싸고 ‘따돌림은 좋지 않아!’ 라고…… 괴롭히는 아이들을 타이를 수 있는, 정의의 사토 코즈에가 되는 셈이지.”

정의. 그 공허함을 비꼬듯이, 사토는 입술을 비튼다.

“그렇게 역할을 마친 정의의 사토 코즈에는, 어딘가로 떠나갔습니다. 남겨진 사토 코즈에는 괴롭힘당하지 않았지만, 생각대로 주위 사람들과 멀어져서, 친구도 잘 사귀지 못하고 어중간하게 그룹을 전전하는 사토 코즈에가 되었습니다. 끝.”

해피 엔딩과는 거리가 멀고 씁쓸한 결말의 이야기를, 사토는 담담하게 마쳤다.

“사토의 레플리카는, 어디로 사라졌어?”

나는 무심코 물었다. 역할을 다한 것을 자랑하지도 않고 사라진 또 다른 사토는, 지금 어떻게 지내고 있을까?

연극 같은 시늉으로, 사토가 휙 하고 어깨를 으쓱한다. 혹은 그저 추웠을지도 모른다.

“글쎄, 나는 몰라. 한 가지 아는 건…… 아무리 기다려도, 내게는 돌아오지 않았다는 거야.”

돌아오지 않았던 레플리카.

아니야. 그게 아니다. 나는 생각을 다잡듯이 머리를 흔들고, 입술을 깨문다.

지금 사토가 한 이야기에는, 더 중요한 것이 있다. 흘려들어서는 안 되는 것이 있다.

“어어, 즉, 레플리카는 이상적인 자신이라는 뜻이야?”

말을 망설이며, 사나다가 입을 열었다.

"글쎄? 그건, 좀 다르지 않을까?"

두 사람의 대화를 의식 한쪽 구석으로 들으면서, 나는 아직 생각하고 있다.

"이상적인 나여, 어딘가에서 태어나라! 같은 주문을 외워서 그런 걸 만들어낼 수 있다면, 거의 마법사 아니야? 현대에 마법사가 남아 있다면, 그건 그것대로 로망이지만. 그보다도 번개라든가 쏘고 싶고, 불이라든가 물이라든가 만들고 싶은데."

"그럼 사토는, 레플리카를 어떻게 생각해?"

"음. 이상에 한없이 가까운 존재…… 같은 거?"

그게 뭐가 다른 거냐고, 사나다가 끙끙거린다. 사토가 깔깔 웃는다. 종잡을 수 없는 웃음이었다.

그제야 사토는 벤치 한쪽 구석에 방치했던 콘 포타주 캔을 후루룩 마신다.

망원경처럼 기울여 그것을 들여다본 사토는 "좋았어." 하고 만족스럽게 말하고 나서, 내게도 내용물을 보여주었다.

출구 없는 공동. 거기에 노란 옥수수 알이 한 톨도 남지 않았다. 진짜 마법처럼.

"도와달라고 부르면 어디선가 와주다니, 마치 히어로 같네. 도와줘요 호빵맨, 도라에몽, 같은 거."

사토는 농담처럼 말하지만, 장난치는 것이 아니다. 그 눈은 한없이 진지했다.

"아직 시간 있네. 마침 잘됐으니까, 다음은 사나다 군 이야기도 해줘."

"내?"

"사나다 군 이야기랄까, 사나다 군의 이야기와 레플리카의 이야기, 그리고 그에게서 모리링 회장 이야기도 듣거나 했어? 그쪽도 자세히 알려주면 도움이 될까나."

사토는 아무렇지 않은 척하고 있지만, 그 화제가 내게 생각할 힌트를 주기 위함인 것은 명백했다. 사토는 아마 내가 같은 답에 도달하기를 기다리고 있는 것이다.

두근, 두근, 두근.

내 왼쪽 가슴에 담겨 있을 심장은, 자꾸 소란을 피우고 있다.

나와 사나다, 그리고 사토의 레플리카. 전 학생회장의 레플리카.

어째서, 레플리카는 태어났는가.

어째서, 오리지널과 레플리카는 다른가.

모습은 똑같은데, 내용물이 다른 이유. 오리지널은 할 수 없는 일을 레플리카가 간단히 해버리는, 이유.

무겁고 지끈거리는 머리를 느릿느릿한 속도로라도 회전시키자, 저절로 답다운 것이 보이기 시작했다.

그 결론에 도달했을 때, 나는 바닥이 와르르 소리를 내며 무너져 내리는 듯한, 그런 착각을 느꼈다.

그렇다면, 레플리카는.

레플리카는…………………………….

"그렇게, 내가 아는 건 이 정도인데."

더듬더듬 이야기하던 사나다는, 그런 말로 매듭을 지었다. 불안해하는 사나다에게, 사토는 몇 번이고 고개를 끄덕였다.

"무척 흥미로운 이야기였어, 고마워, 사나다 군."

"그렇다면 다행이지만."

"그리고 나, 한 가지 더 신경 쓰이는 게 있어서."

이미 당사자가 아니어서인지, 그야말로 연구자 같은 얼굴로 파고든다.

"가능하면 내일 조별 활동 때라도, 두 사람이 시험해 주었으면 하는데. 이유는 나중에 또 이야기할 테니까."

술술 말하는 사토에게 압도당한 모습인 사나다와 달리, 나는 진저리가 났다.

이제 그만해 달라고 말하고 싶다. 이래서는 나의 보잘것없는 목표가 희미해져 버린다.

하지만 이것은 지금까지의 대가일지도 모른다. 레플리카를 사용한 대가. 레플리카와 자신에 대해, 아무것도 생각하지 않은 대가.

정체되어 있던 시간을 사토가 휘젓는다. 나와 사나다는 저항할 방법이 없다. 사실 우리도 알고 싶은 것이 많았기 때문이다.

그렇기에 나는, 내일…… 지금까지 도망치던 모든 것과 마주해야만 한다.

그 애와 마주해야만 한다. 그런 예감만을 가슴에 품고 있었다.

"방은 남으니까, 자고 가렴. 슌 군도 어제부터 묵고 있단다."

그런 타에코 할머니의 제안을 받아들여서, 나와 아키 군은 모리 씨 부부의 집에서 묵게 되었다. 2박 3일의 수학여행은, 뜻하지 않게 계속된 것이다.

저녁 식사에서는 식탁 한가운데에 핫플레이트를 놓고, 후지노미야 야키소바……가 아니라, 시구레야키라는 요리를 대접받았다.

시구레야키란, 한마디로 말해 후지노미야 야키소바와 오코노미야키를 섞은 요리였다. 후지노미야 야키소바는 현지에서 오래전부터 먹던 향토 요리로, 지역 활성화의 일환으로 그렇게 명명된 듯하다. 시즈오카의 B급 구르메라고 하면, 하마마츠 교자와 나란히 떠올리는 사람이 많을 것이다.

일반적인 야키소바와의 차이는 전용 면을 사용한다는 것과 고기 부스러기를 넣는 것. 육수 가루를 뿌리는 점은, 우리 시즈오카 오뎅과도 통하는 점이 있다.

말랑하면서도 씹는 맛이 있는 면에는 진한 소스가 배었고, 그것을 양배추나 고기 부스러기와 함께 입에 넣는다. 고기 부스러기에는 감칠맛이 듬뿍 담겨서, 씹으면 씹을수록 서서히 기름이 배어나온다.

탄수화물과 탄수화물에 의한 기적의 콜라보레이션. 모던야키나 히로시마야키와도 비슷하고, 가장 다른 것은 이름이다.
타에코 할머니의 찐 감자도 맛있었다. 밭에서 수확한 가을 감자는 버터를 듬뿍 녹여 먹으니 따끈따끈 행복한 맛이 났다.
나는 눈치도 보지 않고 한 그릇 더 먹어버렸다. 목장에서는 점심 뷔페 후에 아이스크림이나 크레이프까지 먹었는데, 여행 중에는 어디선가 무한한 식욕이 솟아나는 모양이다.
다섯 명이서 저녁 식사를 마친 뒤, 나는 먼저 목욕을 했다.
순서대로 목욕을 마쳤을 때, 타에코 할머니가 말을 걸었다.
"얘들아, 이불 펴는 것 좀 도와주겠니?"
"네."
TV를 보던 우리는 거실에서 이동한다.
침실로 빌려준 곳은, 거실 바로 옆에 해당하는 방이다.
미닫이문으로 나뉘는 두 칸짜리 일본식 방은 평소 손님방으로 자주 사용한다고 한다. 좋은 냄새가 나는 다다미를 마음속으로 하나 둘 셋 하고 세어보니, 거실에 가까운 쪽이 6장, 다른 하나가 8장이라서, 합쳐서 다다미 14장 넓이다.
덧문을 닫은 창가에서는 모기향을 피웠다. 벽장 위쪽 칸에서 나와 아키 군, 아래쪽 칸에서 모치즈키 선배가, 반듯하게 접힌 이불이나 담요를 꺼낸다.
"아키 군, 저쪽 잡아."
"어."
"하나, 둘, 하면 꺼내는 거야. 하나, 둘!"
양쪽 끝을 잡듯이 들어서 다다미 위에 펼치다 보니 어느새 합

숙 같아서 즐거워진다. 모치즈키 선배는 어젯밤에도 깔았기 때문인지, 우리보다 작업 속도가 빨랐다.

조금 늦게 우리도, 다다미에 하나뿐인 이불을 펴고, 서로 기대듯이 두 개의 베개를 놓을 수 있었다. 이걸로 작업은 끝났다.

……라고 생각하고 싶지만, 무언가 이상하다.

생각할 필요도 없이, 이불이 부족한 것이다. 나는 확 돌아봐서 벽장을 구석구석 확인했다.

하지만 그곳에 답은 숨겨져 있지 않았다. 잠꼬대하는 도라에몽도 없다.

“벽장, 비었네.”

“그러게…….”

이건 혹시, 한 이불에서 자라는 뜻인 걸까? 아니면 이불이 부족하다고 말하러 가도 되는 걸까…….

딱딱하게 굳은 우리가 우뚝 서 있자, 상황을 보러 온 타에코 할머니가 “어머나.”하고 뺨에 손을 댄다.

“미안하구나, 이불이 부족했네. 저쪽 벽장에서 가져올게.”

새빨개진 우리가 멈췄던 호흡을 어떻게든 되살리고 있자, 자초지종을 바라보고 있던 모치즈키 선배가 히죽히죽 웃고 있었다.

“너희, 역시 사귀는 거 맞지? 티가 나.”

그런 작은 사건도 있으면서, 잠자리 준비는 끝났다.

다다미 6장 방에 모치즈키 슌 선배가, 8장 방에 나와 아키 군이 이불을 폈다. 가운데에서 자는 것은 아키 군이다.

가져온 체크무늬 잠옷 차림인 나는 이불 위에서 무릎을 꿇고 반듯이 앉아 두 사람을 보았다.

아키 군은 매일 밤 한다는 전신 스트레칭을 하고 있다. 오른발을 중점적으로 관리하는 모양이다. 슌 선배는 이불에 벌러덩 누워서 스마트폰을 만지고 있었다.

언제 말을 꺼낼지, 나는 안절부절못한다. 머리는 말렸다. 양치질도 했다. 준비는 이미 완벽하지만, 말을 걸 타이밍을 잡지 못하고 있다.

지금일까, 아니면 5초 뒤일까 하고 고민하고 있자, 슌 선배가 아무렇지 않게 말했다.

"슬슬 잘까."

"어어어?!"

나는 엉뚱한 비명을 질렀다.

그야 밤은 이제 막 시작됐으니까. 당황하는 나를 보고, 슌 선배는 미간을 찌푸리고 있다.

"왜 큰 소리를 내는데."

이렇게 된 이상, 더는 망설일 때가 아니다.

나는 천장을 향해 팔을 똑바로 뻗고, 소망을 입에 담았다.

"저, 베개 싸움 하고 싶어요!"

이것은 우리에게 있어서 수학여행.

수학여행이라고 하면 베개 싸움인 법. 선생님에게 혼날 때까지 베개를 던지고, 소등 후에는 같은 반의 누가 신경 쓰인다든가, 누구를 좋아한다든가, 그런 이야기를 하며 들뜬다. 실은 여행 중에 누구누구에게 고백할 생각이라든가, 비밀 이야기를 털어놓기도 한다.

초등학교 캠프 합숙이나 중학교 수학여행에서, 스나오는 상관없다는 듯이 금방 잠들어버린 모양이다.

하지만 나는 해보고 싶다. 청춘의 결정체 같은 이벤트에 온 힘을 다해 도전해 보고 싶다.

풍선처럼 숨을 몰아쉬는 나를, 슌 선배는 나른한 듯이 보면서 턱으로 베개를 세어 보였다.

"베개 싸움이고 뭐고, 베개가 세 개밖에 없는데."

"방석이라면 얼마든지 있어."

거기에 어디선가, 결정적인 한마디.

드러누운 슌 선배의 한층 더 저편, 거실로 이어지는 미닫이문이 열렸나 싶더니, 거기서 대량의 방석이 밀려 나왔다.

방석 더미가 말한 것에 깜짝 놀라고 있을 때, 위에서 유타카 할아버지가 불쑥 얼굴을 내비쳤다.

"마음껏 해."

씩 웃은 유타카 할아버지가 미닫이문을 닫는다.

집주인이 정식으로 허가했다. 나는 입가에 웃음을 띠며 일어섰다.

"허락도 받았으니, 바로 시작합시……!"

하지만 나는 끝까지 말할 수도 없었다.

얼굴에 베개를 맞고, 뒤통수부터 이불에 쓰러졌다. 손에 있던 베개를 던진 것은 슌 선배였다.

다짜고짜 선제공격이다. 보다 못했는지, 아키 군이 쓴소리를 하고 있다.

"슌 선배, 지금 그건 여자애한테 할 공격이 아니잖아요."

"괜찮아, 그냥 베개잖아."

선배는 반쯤 웃으며 손목을 돌리고 있다. 어찌 됐든, 할 마음이 생긴 모양이다.

"베개라고 해도, 팔 같은 게 들었다고요. 맞으면 꽤 아플 것 같은데."

두 사람이 말씨름하는 것을 들으며, 이불에 침몰했던 나는 천천히 몸을 일으켰다.

"봐, 괜찮잖아?"

다리를 벌리고 바닥에 딱 주저앉은 채, 고개를 숙여 코 부근을 만진다.

"응? 아이카와, 왜 그래?"

"죄송해요. 티슈 있을까요? 코피가 나온 것 같아서요."

내가 난처한 듯이 말하자, 슌 선배는 눈에 띄게 허둥대기 시작했다. 황급히 손에 있던 배낭을 뒤지려고 웅크린다.

"진짜냐. 어어, 잠깐만. 미안해, 바로 티슈를……."

"빈틈 발견!"

그 순간, 나는 방금 맞았던 베개를 집어서 슌 선배에게 내던졌다.

내가 생각해도 멋진 클린 히트. 전력을 다한 일격은 선배의 얼굴 옆에 직격한다.

유감이지만 기절에는 이르지 못하고, 몇 초 늦게 베개가 툭 하고 이불에 떨어지자, 뺨을 떨면서 진짜 화나기 직전인 슌 선배와 눈이 마주쳤다.

"너…… 잘도 했겠다."

"덤으로 한 방 더!"

아키 군이 맞히려던 베개를 이번에는 민첩하게 피했다.

"좋다, 덤벼라. 다 해치워 주마!"

용맹하게 선언한 슌 선배가 산 정상에 있는 방석을 꽉 잡았다.

"짜샤아아아!"

그 자리에서 빙글빙글 회전하며 날아가는 일격. 아키 군은 부메랑이 된 방석을 배로 막고 곧장 다시 던지지만, 선배의 베개 가드에 막혔다.

"제법이네요."

"3학년 얕보지 마라. 지금까지 몇 번 베개를 던진 줄 아냐!"

두 사람의 격렬한 공방이 계속된다. 그것을 곁눈질하면서 나도 방석 더미에 살금살금 접근하고 있었다.

양손에 방석을 장비하고, 사각에서 슌 선배를 덮친다.

"이쪽도 잊으면 곤란하죠!"

"이도류라고? 젠장!"

하지만 방석은 내 손에 너무 컸다. 내던진 방석은 슌 선배나 아키 군에게 닿지 않고, 힘없이 다다미 위에 떨어진다. 비무장 상태가 된 등이 누군가가 날린 베개에 맞는다.

대난투였다. 허공을 오가는 방석, 베개 and 방석 or 베개. 웅크린 순간 손에 잡힌 무언가를 일단 내던지고, 날아오면 정신없이 피한다. 그걸 반복한다.

때로는 여러 조합의 2 대 1이 되었지만, 허울뿐인 동맹은 오래 가지 않는다. 베개 싸움에서 믿을 사람은 자신뿐인 것이다.

이런 느낌의 베개 싸움 대회는…… 최종적으로 승패가 정해지지 않았다.

다다미 위에는, 베개와 방석이 흩어져 있었다. 깨끗하게 깔았던 이불도 주름투성이가 되고, 힘이 다한 세 사람은 여기저기에 뒹굴며 거친 숨을 내쉬고 있었다.

"대단해……. 몸, 뜨거워!"

다다미 바닥에 뒹굴던 나는, 두 손을 부채 삼아 얼굴을 파닥파닥 부채질한다. 그렇게 시원찮은 바람으로는 어쩔 수 없을 정도로, 온몸이 후끈 달아올랐다.

머리를 묶었는데도 목덜미가 뜨겁고, 심장도 시끄러울 정도로 뛰어대고, 기분 좋음을 한참 넘어선 피로감에 휩싸여 있다.

내일은 분명 근육통이 올 것이다. 그렇게 되면 기쁘겠다.

"베개 싸움, 이렇게 재미있는 거였구나."

"만족했어?"

아키 군의 물음에, 진심 어린 미소를 돌려준다.

"응. 엄청 만족. 최고였어."

"그러면 다행이네. 자, 치우자."

못 말리겠다는 싶은 표정으로 방석을 치워나가는 슌 선배. 가장 신나게 놀았으면서. 나는 입술을 삐죽 내밀며, 여기저기 흩어진 방석을 회수했다.

사실은 아직 한참 더 놀고 싶었지만, 시곗바늘은 오후 10시에 가깝다.

할머니 할아버지 부부의 침실은 여기서 떨어진 모양이다. 하지만 단층집이고, 늦게까지 떠들어서는 민폐일 테니까, 주황색 작은 불빛만 남기고 소등하기로 했다.

이불에 눕고, 형식적으로 잘 자라는 말을 했다.

그런데…… 아직 하나도 졸리지 않다.

베개 싸움의 흥분이 식지 않은 몸은 후끈후끈하게 활성화되어서 아드레날린이 펑펑 나오고, 온몸이 임전 태세인 것이다.

"슌 선배, 잠이 하나도 안 올 것 같아요."

"……."

"선배?"

나는 일단 입을 움직이는 것을 멈췄다.

귀를 기울이지 않아도, 드르렁 하고 코 고는 소리가 들려온다. 슌 선배는 꽤 격하게 코를 고는 타입인 모양이다. 미안하다고 생각하면서 피식 웃었다.

"아키 군도, 잠들었어?"

공기만 희미하게 흔들리게 작은 목소리로 부르자, 이불 덩어리가 꾸물꾸물 움직였다. 이윽고 이쪽을 보는 두 개의 눈과 시선이 마주쳤다.

그것만으로도 기뻐서 두근거리는 심장을, 아키 군은 아마도 모를 것이다.

"안 자."

아키 군도 똑같이 잠이 안 오는 모양이다.

불은 끈 뒤에 비밀리에 이야기하니, 나쁜 짓을 하는 것 같다. 규칙 위반자인 나는 목소리를 낮춰 물었다.

"저기, 있잖아. 그쪽에 가도 돼?"

손끝으로 까닥까닥 아키 군의 이불을 가리켜 본다.

"안 돼."

하지만 공범일 터인 아키 군은 고개를 끄덕여 주지 않았다. 망설이는 기색조차 없다.

"손댈 생각은 없지만, 나도 남자니까. 역시 여러모로…… 참을 자신이 없어져."

슬쩍 뒤를 보는 시늉을 한 것은, 슌 선배를 신경 쓴 거겠지.

시선을 되돌린 아키 군이 나를 굳센 눈으로 바라본다.

"나는, 진짜로 나오를, 소중히 대하고 싶으니까."

그러니까 안 된다고, 확실하게 거절당했다.

그런 아키 군을 바라보며, 나는 본심을 입에 담았다.

"나는, 손대 주면 좋겠어."

낮췄을 터인 목소리가 묘하게 크게 울린 것처럼 느껴진 것은 내 기분 탓일지도 모른다.

아키 군은 넋이 나가 있었다. 그리고 다음 순간, 배신당한 것처럼 뺨을 일그러뜨린다.

"그거, 진심으로 하는 말이야?"

"응."

나는 망설임 없이 긍정했다.

"아키 군이랑 있지. 손잡고 있으면 나도 잠이 올 것 같았어."

그러려면 아키 군의 협력이 필수다.

그러니까 손대지 않으면 곤란하다. 반대로 말하면, 손을 빌려주지 않으면 곤란하다. 다른 건 괜찮다.

그런 소원을 담아서 바라보자, 희미한 어둠 속에서도 알 수 있을 정도로 아키 군의 뺨이 빨개져 있었다.

"아키 군?"

왠지 상태가 이상하다. 열이라도 있는 걸까.

아키 군은 손으로 얼굴을 가리고 "아." 라든가 "우와." 라든가 하면서 끙끙 앓더니, 손가락 사이로 매섭게 나를 쏘아보았다. 박력은 전혀 없었다.

"절대로 안 돼."

"어, 왜?"

어느새 아키 군은, 완고한 아키 군으로 진화해 있었다.

"안 된다면 안 돼."

"치사해!"

"무슨 말을 해도 안 돼."

타협의 여지도 없다. 뭔가를 계기로 심기를 불편하게 한 모양이다.

마침내 아키 군은 돌아누워 반대 방향을 보고 말았다. 나는 "치잇." 하고 입술을 삐죽 내밀었다.

그러나 이런 대화로 포기할 생각은 없다. 덮는 이불을 가슴께로 꼼지락꼼지락 당기면서, 나는 외로운 듯이 킁 하고 코를 훌쩍여 보였다.

어둠 속. 아키 군의 어깨가 움찔거리는 것이 보인다. 어느 쪽을 향하고 있든, 기분 나쁜 척하고 있든, 내 일거수일투족을 신경 써주고 있다.

울음을 터뜨릴 듯한 느낌의 목소리를 만들어 말을 걸어 본다.

"있잖아. 진짜로 안 돼?"

"…………."

돌아오는 것은 침묵. 하지만 확실하게 먹히고 있다. 한 번 더 밀어붙이면, 될 것 같은 기색이다.

"아키 군."

이래도 안 된다면 이불 속으로 파고들어 버리자.

그렇게 생각하고 있자, 어쩔 수 없다는 듯이 뻗어 나온 것이 있었다.

아키 군의 왼손이다. 울퉁불퉁한 손이 하얗게 떠오르듯 보이고 있다. 희색이 가득해진 나는 몸을 데굴 굴려서 접근한 다음 그 손을 꼭 잡았다.

그리고 마음 내키는 대로 조종한다. 내 머리를 쓰담쓰담 만지게 하고, 뺨에 닿게 한 뒤에는 나도 마음껏 뺨 비비기로 보답한다.

내가 새끼 고양이였다면, 목에서 고롱고롱 소리를 냈을지도 모른다.

손가락과 손뿐인 아키 군도, 나는 좋다.

"내 손으로 장난치는 거, 그만해 주시죠."

겨우 이쪽을 보고 어색하게 말한 아키 군은 한층 더 얼굴을 붉히고 있었다.

아무래도 너무 지나쳤던 모양이다. 반성한 나는 당초의 목적을 떠올리고, 이윽고 아키 군의 왼손과 내 손을 얽는 형태로 잡으려 했다.

"아주 이때다 싶어서 꽁냥거리네, 너희는."

입에서 심장이 튀어나올 뻔했다.

한쪽만 닫힌 미닫이문에서 들려온 것은, 슌 선배의 목소리다.

손을 확 놓고 허둥지둥 이불에 숨는다. 이제 와서 늦었다고 생각했을 때, 머리만 내밀었다.

"서, 선배. 이미 잠든 거 아니었어요?"

"자는 척한 거야."

역시 연극부라고 감탄할 여유는 내게 없었다.

단둘이라고 착각했기에 다정한 남자 친구에게 어리광을 부리고, 난처하게 하고, 마음대로 했던 것이다. 처음부터 끝까지 선배에게 목격당했다면, 근본부터 모든 것이 뒤집힌다.

"베개로 머리를 때리면 기억을 없앨 수 있을지도?"

수치심에 뺨을 붉히면서, 나는 나지막이 중얼거렸다.

"위험한 소리 하지 말고, 다음은?"

어서 해보라고 웃음기를 섞어 짓궂은 말을 하는 선배에게, 나는 진심으로 베개를 던지고 싶어졌다.

"안 해요. 이제 잘 거예요!"

"그러면 연애 이야기라도 할까. 그것도 수학여행의 묘미잖아."

그때, 나는 대답하기 곤란해졌다.

베개 싸움 다음은 말할 필요도 없이, 연애 이야기를 하는 것이다. 그게 정석이지만, 그 이야기를 하자고 흥분해서 말할 기분은 들지 않았다.

"나를 신경 쓰는 거라면, 쓸데없는 참견이야. 그렇게 약하지 않으니까."

나는 옆으로 누운 채, 아키 군 너머로 선배를 보았다.

머리 뒤로 깍지를 낀 슌 선배. 눈을 뜨고 어디를 보고 있는 걸까. 희미한 빛을 내는 천장일까? 아니면…….

"그럴 리가, 없잖아요."

이런 말을 해서는 안 될지도 모른다. 하지만 나는 시치미 떼는 것이 서툴다.

"정말 좋아하는 사람이 없어져서…… 괜찮을 리가, 없어요."

"너한테 들킬 정도면, 나도 아직 멀었네."

슌 선배는 쓴웃음을 짓는다. 어스름이 그 한숨에 흔들린다.

그것은 목장에서는 듣지 못했던, 이야기의 다음 부분이기도 했다.

"자나 깨나…… 아니, 최근에는 거의 못 자지만, 모리 생각만 해. 생각하지 않을 수가 없어."

감정을 억누른 듯한 조용한 목소리는 밤의 속삭임과 닮았다.

"의문투성이라서 알고 싶었어, 여러 가지를. 하지만 밤샘 조문 때, 모리의 할머니는 이야기할 수 있는 상태가 아니어서…… 그때, 할아버지한테서 편지를 받았어. 모리가 나한테 쓴 편지라고. 누워만 지내게 되기 전날에 쓴 것 같다고.”

나는 떠올린다. 분홍색 봉투를 쥔 슌 선배를, 교내에서 본 적이 있었던 것이다.

읽을 용기가 좀처럼 나지 않았던 편지를, 선배는 가지고 다녔다. 몇 번이고 고민한 뒤, 혼자만 있는 학생회실에서 마음을 다잡고 읽었다고 한다.

스즈미 선배가 쓴 편지에는 숨김없이 모든 것이 있었다. 어릴 적에 도플갱어를 만들었다는 것. 그 도플갱어가 후지노미야에서 조부모와 함께 살고 있다는 것. 그림을 잘 그린다는 것. 언젠가 소개하고 싶다는 것.

슌 선배는 입에 담지 않았지만, 편지의 본론은 그게 아니었을 것이다. 스즈미 선배가 료 선배에게 보낸 또 한 통의 편지에는 고백에 대한 답장을 썼다는 것이 적혀 있었다.

그것은 언급하지 않고, 슌 선배는 이야기를 이어갔다.

“직감이라고 할까. 편지 마지막에 후지노미야 주소가 있었어. 그걸 보고, 바로 가자고 결심했지. 지금 생각하면 현실 도피가 하고 싶었던 걸지도 모르지만. 학교에도 가기 싫었고 말이야.”

스즈미 선배의 아버지에게만 후지노미야로 가겠다고 털어놓자, 그분이 자기 부모님께 연락해 주었다.

할머니 할아버지 부부는 친척이 아닌 사람 중에서 장례식에 유일하게 불렀던 슌 선배의 가족을 기억하고 있었다고 한다.

이야기는 순조롭게 진행되어, 선배는 어젯밤부터 이 집에서 신세를 지고 있다.

오늘 목장에 왔던 것은 타에코 할머니가 관광하지 않겠냐고 제안해 주었기 때문이라고 한다. 할머니 할아버지 부부는 빼먹을 수 없는 볼일이 있어서, 가는 길과 오는 길에 태워주는 것만 담당했다.

"여기에 와서 대강의 사정은 알았다고 생각해. 나와 함께 불꽃놀이 축제에 갔던 모리는 모리고, 여름방학 이후는 모리인 척한 도플갱어…… 료였어. 지금 생각하면, 여러모로 마음에 걸리는 점은 있었지만, 나도 평상심이 아니었다고 할까. 뭐, 이제 와서 변명인가."

씁쓸한 표정을 짓는 선배의 윤곽이 흐릿해진다.

"죄송해요, 슌 선배."

이런 건 단순한 자기만족일지도 모른다. 그냥 내가 편해지고 싶을 걸지도 모른다. 그래도 나는 사과하지 않을 수 없었다.

"아무것도 말하지 않아서, 죄송해요."

만약 내가, 슌 선배에게 일찍 전할 수 있었다면.

자택에서 요양하는 스즈미 선배를 만날 수 있었지 않을까? 말은 주고받을 수 없었더라도, 차갑게 식기 전의 뺨을 살며시 만지는 것 정도는, 할 수 있었던 것은 아닐까.

내가 아무 말도 하지 않은 이유는, 료 선배의 마음을 우선했기 때문이다. 스즈미 선배를 위해 필사적으로 자기 역할을 다하려고 한 료 선배는 나 자신을 비춘 거울 같기도 했기 때문이다.

하지만 그것은 슌 선배의 마음을 소홀히 여겨도 될 이유가 아니었다.

"사과하지 마. 나는 원망할 생각이 없으니까."

아무 말도 못 하고 있자, 슌 선배가 작게 웃었다.

"그보다도, 역시 너희는 전부 알고 있었던 거냐."

"네……."

"난 기억하고 있어. 아이카와의『신역 타케토리모노가타리』에서의 애드리브."

슌 선배는 암송해 보인다.

'이대로 가면, 모두의 기억에서 잊힐 걸 알면서. 아무 기억에도 남지 않는다는 걸 알면서. 다 아는 척하지 마세요!'

무대 위에 있다는 것도 잊고 외쳤던 것과 똑같은 말을, 선배는 잘 울리는 목소리로 더듬어갔다.

"그거 말인데. 내 가슴에도 묵직하게 와닿았어. 다른 관객도 그랬을 거야. 연기 기량이라든가, 그런 게 아니야. 절실한 마음이라는 건 가슴 한복판에 꽂히는 법이니까……. 나중에, 너도 료와 같은 처지일지도 모른다고, 그걸 깨달았어. 맞아?"

자만하는 건 아니다. 그 애드리브는 나였기에 할 수 있었던 말이었음을. 비슷한 처지에 있는 내가 아니었다면 닿지 않았을 말임을, 나는 알고 있었다.

"네……."

속이지 않고 고개를 끄덕인다. 나는 도플갱어…… 레플리카의 법칙을 간단히 설명하기로 했다.

슌 선배는 흥미로운 눈치로 이야기를 듣고 있었다. 한차례 설명이 끝났을 때, 아키 군이 누워서 손을 들었다.

"참고로, 어째서 저도 레플리카라는 걸 눈치챘어요?"

"그야 사이좋게 수학여행 땡땡이쳤고. 아키, 나오 하고 서로 부르고 있었으니까."

"그럼 실제로는, 딱히 확신한 건 아니었네요."

"너 진짜…… 자잘한 걸로 시끄럽게 구네, 아키……."

아키 군을 쏘아본 슌 선배는 잠시 침묵하고 나서 불쑥 말했다.

"줄곧 사과하고 싶었어. 너한테."

"네?"

"5월쯤, 모리가 학생회실에 하야세를 부른 적이 있어. 후배를 폭행한 사실이냐고 따지기 위해서."

나는 숨을 삼켰다.

5월이라면 료 선배가 아니라, 스즈미 선배다. 학생회장으로서 큰 책임감을 가진 사람이었다. 소문을 접하고 내버려둘 수 없었던 것이리라.

"하야세는 그걸 말고도 나쁜 소문이 있는 녀석이라, 경계해서 고문 선생님께도 입회해달라고 했다. 하지만 그놈은 아무것도 인정하지 않았지. 오히려 억울하게 소문이 퍼져서 자기도 곤란하다, 학생회라면 어떻게 좀 해보라고 우기기까지 했다."

"그렇게 말하겠죠, 그 사람이라면."

아키 군이 태연하게 대답한다. 분명 지금 머릿속에서 사나다 군의 기억을 접하고 있으리라.

"다른 학생에게 물어봐도 소용없었다. 농구부 녀석들도, 하야세의 보복이 무서워서 입을 다물었지……. 결국 그놈은 어째서인지 갑자기 학교에 안 나오게 됐지만, 우리가 아무것도 할 수 없었다는 건 달라지지 않아."

일어서려는 슌 선배를, 아키 군이 제지한다.

"저한테 사과해도, 곤란해요. 상처받은 건 슈야니까."

"그런가. 미안해."

"그리고 슈야 본인을 만나도, 아직은 아무 말도 하지 마세요. 하야세 선배의 이름을 들으면, 다시 학교에 가지 못하게 될지도 몰라요……. 선배라면, 알겠지만요."

"그래. 명심할게."

슌 선배가, 굳은 표정으로 고개를 끄덕인다.

줄곧 사과하고 싶었다고 말했다. 청릉제 준비 기간 등, 지금까지도 사과할 기회는 몇 번이고 있었을 것이다. 그런데도 아무 말 하지 않고 있었던 것은, 아키 군의 상태를 일일이 확인하고, 이 화제를 입에 담아도 괜찮을지 가늠하고 있었기 때문일 것이다.

"저기. 9월에, 하야세와 농구 대결을 한 건 아키냐?"

다음에 슌 선배는, 그때의 일을 입에 담는다.

그날 체육관에는 학년을 불문하고 많은 학생이 모여 있었다. 나는 주위를 돌아볼 여유가 거의 없었지만, 그중에는 슌 선배나 료 선배도 있었던 것이다.

슌 선배는 미안함이나 안타까움을 느끼면서, 그럼에도 눈을 뗄 수 없었을 것이다. 나와는 다른 마음으로, 시합의 향방을 지켜보고 있었을 것이다.

"그렇습니다."

납득이 간 듯, 슌 선배가 크게 고개를 끄덕였다.

"그렇겠지. 그건 너였기에 할 수 있었던 일이야."

나는 눈을 깜빡였다.

"새삼 생각했어. 나한테 레플리카가 생기는 일은 없겠다고."

하지만 가슴속에 거품처럼 떠오른 질문은, 그 말에 의해 지워져 있었다.

"어째서, 그렇게 말할 수 있으세요?"

그렇게 자신만만하게 말할 수 있는 근거가 궁금하다.

학교에 가고 싶지 않다고 말했던 슌 선배에게도, 레플리카가 태어날지도 모른다. 그런 우려를, 나는 적지 않게 느끼고 있었는데.

"내가, 나니까."

슌 선배는 아무런 꾸밈없이, 단호하게 대답했다.

그제야 나는 겨우 깨달았다. 슌 선배가 이불에 누워 바라보고 있는 것은 처음부터 천장이 아니었다.

답답한 그것을 꿰뚫고, 그 너머에 끝없이 펼쳐지는 밤하늘을 올려다보고 있었던 것이다. 마치 배우가 자신이 설 무대를 마음속에 그리듯이.

그래서 강한 척하지 않는 미소를 띠고 단언한다.

"나는 노방치지 않이. 모리를 좋아하는 나 자신도, 료와 연극

했던 나 자신도, 다른 누구와는 절대로 공유하고 싶지 않아. 왜냐하면…… 지금까지의 추억도, 괴로운 것도, 힘든 것도, 도망치고 싶을 만큼 힘든 것도 말이야."

누운 채로 자신의 가슴팍을 쿵 하고 두드린다. 그 힘찬 소리는 멀리 떨어진 내 심장마저 함께 뒤흔든 듯했다.

"이건 나만의 거야. 다른 누군가에게, 설령 상대가 내 분신일지라도, 넘겨줄까 보냐."

나는, 천천히 숨을 내쉬었다.

"대단하네요, 슌 선배는."

그리고 강하다. 강하게 있으려고 하기에, 멋진 사람이다.

나 역시 눈에 보이지 않는 밤하늘을 올려다본다. 아무리 두꺼운 구름이 덮고 있더라도 하늘에는 달이 뜨고, 별은 반짝이며 노래한다.

앞으로 슌 선배는 배우로서, 체육관이나 시민 문화회관보다 훨씬 더 큰 무대에 설 것이다. 눈이 부실 정도의 빛 아래에서 좁다는 듯이 무대를 뛰어다니고, 마음이 움직인 사람들에게 우레와 같은 박수 갈채를 받을 것이다.

그것은 결코 먼 미래가 아니다. 정말이지 그런 기분이 들었다.

"뭐, 대단하지는 않지만. 그래서 2월의 키사라기 공연에도 참가하기로 했어."

히죽 웃어 보인 선배가, 이쪽을 향해 손가락 하나를 세운다.

"배우는 나 혼자야. 1인극에 도전해 보고 싶어서. 평소 같이 하던 애들도 부를 작정이지만, 너희도 스태프 일을 도와주면 고맙겠어. 연습에는 잠깐 얼굴만 비춰도 되니까. 본장 무대를 보러 오기만 해도 환영할게."

돕고 싶은 마음은 있다. 하지만 선불리 약속할 수 없는 사정이 있었다.

"우리는, 이제 학교에 갈 수 있을지 어떨지 모르겠어요."

잠시 멍하니 있다가, 슌 선배가 머리를 헝클어뜨렸다.

"그런가. 우리 집이 대저택 같은 거였다면, 너희 정도는 먹여 살릴 수 있는데……랄까, 미안해. 개나 고양이처럼 말하는 건 좋지 않아, 무신경했다."

"괜찮아요. 슌 선배가 무신경한 건 알고 있으니까요."

"무슨 의미냐, 그건."

쏘아보지만, 말 그대로의 의미다. 무신경함을 포함해서 모치즈키 슌 선배인 것이다.

거기서 슌 선배가 "흐암."하고 크게 하품했다. 그게 옮았는지 아키 군도 입가에 손을 대고 하품을 삼키고 있다.

"그러고 보니 레플리카라는 건, 너희나 료 말고도 있는 건가?"

"글쎄요."

아키 군이 고개를 갸웃거린다. 별로 기대하지 않았던 듯, "그런가."하고 슌 선배는 가벼운 투로 말을 이었다.

"도플갱어의 목격 정보는, 세계적으로 꽤 있잖아. 아쿠타가와 류노스케라든가, 『돌아온 인어공주』라든가. 그런 것도 역시 레플리카를 말하는 건지 궁금해서."

『돌아온 인어공주』는, 현대의 도플갱어 전설로 여겨지는 실화다.

1985년, 독일 북부에서 일어난 수상 사고. 알로이지아 얀이라는 이름의 여성이 의식불명의 중태에 빠져, 병원으로 옮겨졌는데, 꼭 닮은 여성이 해변을 걷는 것을 알로이지아의 연인과 친구가 목격했다.

"그러고 보니 여름방학 때 TV에서 알로이지아 특집 방송을 했었지."

"어? 그랬어요?"

처음 듣는 이야기였다.

나는 올해 여름방학을, 단 하루도 경험하지 못했다. 스나오는 UFO 목격 정보라면 궁금해하는 듯하지만, 『돌아온 인어공주』에는 흥미가 없으니, 특집 방송을 알았다 한들 채널을 그대로 두지는 않는다.

"거기서 알로이지아의 언니가 처음으로 인터뷰에 응했어. 알로이지아 본인도 살아있는 모양이야, 그쪽은 나오지 않았지만."

"아하……."

"그 방송에서 언니가 한 이야기가 인상에 남았어. 알로이지아는 사고가 일어나기 며칠 전부터, 죽고 싶어 했다……는 이야기인데."

"죽고 싶어 했다고요?"

"그래."하고 눈가를 비비며 슌 선배가 고개를 끄덕인다. 이제는 꽤 졸린 듯하다.

"당시 알로이지아에게는 연인이 있었어. 하지만 그 남자는 다른 사랑하는 사람이 생겨서, 알로이지아에게 이별을 통보했다고 해. 그게, 알로이지아가 죽고 싶어진 이유라고…… 언니는 생각했던 모양이야. 병원에서 깨어난 뒤에는, 역시 사고의 영향도 있어서인지, 더는 죽을 생각이 없어졌다고 하지만."

"즉, 사고가 아니라 자살 미수였다……?"

아키 군이 목소리를 낮추고 묻는다.

똑같은 생각을 하고 있던 나는 머뭇거리면서 다음 생각을 하고 있었다. 만약 바다에 빠지기 직전의 알로이지아가, 막다른 곳에 몰린 끝에 레플리카를 낳았다면…….

"알로이지아는, 레플리카에게…… 자신의 등을 밀어날라고 부탁한 거야?"

부탁이야. 나를 바다에 밀어뜨려 줘. 나를, 구해줘.

그런 것을, 알로이지아는 갓 낳은 레플리카에게 명한 것인가.

온몸에서 핏기가 가신다. 나는 침을 꿀꺽 삼키고, 상상했다.

아니다. 상상할 수 없다. 할 수 있을 리가 없다. 나는 한 번, 저 바다에서 죽으려 했다. 어둠보다 훨씬 더 어두운 색을 머금은 바다에서 사라지려고 했다. 스나오를 거기에 밀어뜨리다니, 생각할 수 없는 일이었다.

하지만 료 선배가 말했었다. 우리는 오리지널이 할 수 없는 일을 당연한 것처럼 할 수 있다고. 그런 식으로 뒤틀려 있다고.

그렇다면 알로이지아의 레플리카도? 아무리 그래도 그건 상식을 벗어난 게 아닐까? 등을 밀라고 시켰다고 얌전히 따르다니, 어떻게 생각해도 있을 수 없다.

어라? 하고 고개를 갸웃거린다.

그렇다면 어째서 우리는.

"슌 선배."

"…………."

"슌 선배?"

떠오른 생각의 편린을 확인하고 싶어서 불러 봐도, 들려오는 것은 숨소리뿐이었다.

아까 일부러 그런 것처럼 크던 코골이 소리와는 성질이 다르다. 슌 선배에게 며칠 만에 찾아온 수면이었다.

깨우기 미안해서, 나는 그 후로 입을 다물었다.

천장을 올려다본다. 깊고 고요한 어둠만이, 천장 부근을 채우고 있었다.

밖에서 벌레 소리가 들리는 일도 없고, 이불에서 나온 뺨이나 손등을 스치는 공기가 찌르듯이 차가웠다.

냉기 속에 있으면서도 내 의식은 맑고 또렷했다.

딱딱한 베개 감촉에 몸이 놀란 것인지, 처음 만난 사람들의 집에서 누워 있기 때문인지. 아니면 다른, 가슴을 술렁이게 하는 초조함 때문일지도 몰랐다.

사색에 잠긴 내 다리를 잡아당기듯이, 누군가가 생각하지 말라고 외치고 있다.

그 이상 생각하지 않아도 돼. 둔감해도 괜찮아.

그렇게 고하는 것은, 스나오의 목소리인가, 아니면.

"나오……."

문득, 아키 군이 나를 향해 손을 뻗었다. 나는 곧바로 그 손을 잡았다.

잡아 보니, 바로 알 수 있었다. 우리의 손이 희미하게 떨리고 있었다. 온기를 나누어도 떨림은 도무지 멎지 않았다.

모든 것을 추위 탓으로 돌릴 수 있다면, 얼마나 좋았을까.

나는 아키 군의 손을 이마 근처로 끌어당겨, 기도하듯이 눈을 감았다.

베개에 눌린 관자놀이에서는, 쿵쾅쿵쾅 너무나도 빠른 고동이 들린다. 그런 곳까지 심장이 이동해 버렸다면, 텅 빈 가슴에는 무엇을 넣어두면 좋을까.

매달리듯이 손을 쥔다. 어둠 속에는 아키 군만이 있다. 외톨이인 우리가 있다.

"잘 자."

저쪽 이불에서 들려온 목소리가 귓속을 감돈다.

그 다정한 잔향에 사라지지 말아 달라고 말을 걸면서, 나는 모르는 사이에 악물었던 입술에서 힘을 풀었다.

소중히, 소중히, 윤곽을 더듬듯이, 같은 말을 입에 담았다.

"잘 자, 아키 군."

아아…….

나는 이 순간을 언제까지고 잊지 않을 것이다. 언제까지고 아끼고, 사랑하고, 소중히 가슴에 품고, 영원히 간직할 수 있다. 설령 할머니가 되더라도, 되지 못하더라도.

안심한 듯이 아키 군이 눈을 감는 것을 지켜보고 나서, 똑같이 어스름에 작별을 고했다.

하지만 알고 있다. 눈을 감고 있는 동안에도, 종언의 발소리는 다가오고 있다. 아무리 몸을 작게 웅크려도, 이윽고 찾아올 얼어붙은 계절에서 벗어날 방법은 없다.

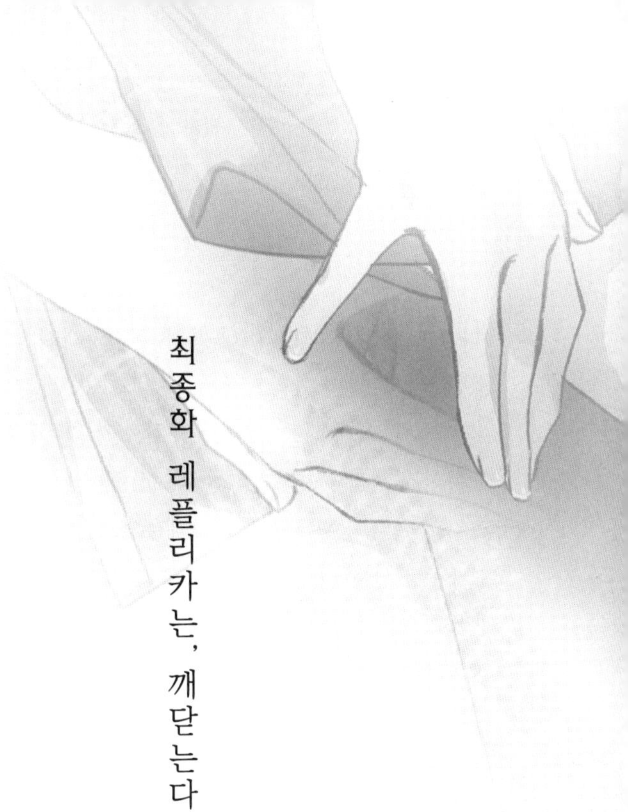

최종화 레플리카는, 깨닫는다.

다음 날, 아침 일찍 일어나 아침 식사를 대접받은 뒤에는 다 함께 밭일을 도왔다.

감자 수확이나 잡초 뽑기를 마치고, 우리는 후지노미야역으로 돌아갈 생각이었지만, 할머니 할아버지 부부는 하룻밤 더 자고 가도 된다며 웃는 얼굴로 말해주었다. 오후에는 타누키코 호수와 후지산 혼구 센겐타이샤(富士山本宮淺間大社)에도 차로 데려다주셨다.

이틀째인 수학여행도 저녁은 순식간에 찾아왔다.

집으로 돌아온 뒤, 유타카 할아버지는 친구에게 채소를 나눠주고 오겠다며 외출했지만, 우리 네 사람은 거실에서 한가롭게 차를 마시고 있었다.

차 옆에는 모치야 휴게소에서 산 쑥떡이 있다. 나는 상쾌한 쑥향기를 마시면서 쫀득쫀득한 떡을 입에 가득 넣고 있었다.

그러자 내일 날씨라도 묻는 듯한 말투로, 타에코 할머니가 입을 열었다.

"나오짱, 아키 군도. 이 집에서 함께 살지 않겠니?"

그것은, 너무나도 생각지 못한 말이었다.

경직된 우리를 보고, 타에코 할머니가 미안한 듯이 말했다.

"미안하구나. 어젯밤 이야기가 조금 들려서 말이다."

"아……."

미닫이문 너머가 조용했기에 아무도 신경 쓰지 않았다. 하지만 사실은 그때, 아직 두 분 모두 거실에 머물고 있었던 것이다.

작고 귀여운 쑥떡을 다시 네 조각으로 나누어 소중한 듯이 먹는 타에코 할머니는, 어제보다 온화한 표정을 짓고 있다.

미소가 떠오른 다정한 옆모습이, 천천히 소중한 듯이 말을 자아냈다.

"괜한 참견일지도 모르지만, 너희를, 나는 내버려둘 수가 없구나. 우리 남편도 그렇게 말했단다. 이건 료짱이 있었기에 할 수 있는 말이지만…… 살아만 있으면, 어떻게든 되는 법이란다."

살아만 있으면.

타에코 할머니는 그렇게 자신에게 말하듯 되뇌이고 나서, 왠지 모르게 쑥스러워하는 미소를 띠었다.

"이래저래 사정이 있을 텐데, 미안하구나. 지금 당장 그러자는 말은 아니야. 그저, 너희도 그런 선택지가 있다는 것을 잊지 말아주렴."

"감사합니다, 타에코 할머니."

나는 작게 감사를 표했다. 아키 군도 고개를 숙이고 있다.

우리는 눈을 마주치는 일도 없이 각자 남은 떡을 집는다. 설마 그런 길이 있을 줄은, 지금까지 생각지도 못했다.

만약 나와 아키 군이 할머니 할아버지 부부에게 거두어져, 이 집에서 살게 된다면.

오늘처럼 평온한 매일이 계속된다. 밭을 돌보고, 가끔 다 함께 어딘가에 놀러 가고, 밥을 먹고, 잘 자라는 인사를 하면 이불에 들어가, 애타게 내일을 생각한다. 그런 일상이, 당연한 것처럼 쭉 이어지는 것이다.

그런 식으로 살아갈 수 있다면 얼마나 좋을까. 얼마나 행복할까. 몇 번이고 애태웠던 나날이, 갑자기 실체를 띠고 눈앞에 펼쳐져 있다.

그때, 좌식 의자의 팔걸이에 손을 짚고 일어선 타에코 할머니가 안타까운 듯이 중얼거렸다.

"어떻게 해도, 또 다른 너희와는 함께 살아갈 수 없는 법이지."

"네……?"

꿈에서 깬 듯한 기분이 되어, 나는 무심코 되물었다.

"잠깐 근처에 좀 다녀오마. 30분 정도면 돌아올 거야."

타에코 할머니에게는 들리지 않은 모양이다. 변함없이 따스하게 미소를 지으며 거실을 떠났다. 멍하니 배웅한 나는 타에코 할머니의 말을 마음속으로 되새겼다.

뭐지? 방금 그 말에서 강렬한 위화감이 들었다. 절대로 그럴 수는 없다는 듯한, 처음부터 그렇다고 알고 있는 듯한…….

누군가의 스마트폰이 울리는 소리에, 나는 어깨를 파르르 떨었다.

주머니에서 꺼낸 스마트폰을 본 아키 군이, 미간을 찌푸린다.

"아이카와야."

스나오?

화면을 탭한 아키 군은, 바로 스피커폰으로 돌린다.

"여보세요."

『난데…….』

저편에서 들려온 것은, 틀림없이 스나오의 목소리다. 무슨 말인지는 알아들을 수 없지만, 등 뒤에서는 왁자지껄한 사람들의 목소리가 섞여서 들렸다.

곁에 있던 슌 선배가 이쑤시개를 입에 문 채 굳은 것은 그 목소리…… 정확히는 합성 음성이, 내 목소리와 아주 닮았기 때문일 것이다. 오리지널과 레플리카의 이야기를 머릿속에 두고 있어도 놀라는 마음은 잘 이해할 수 있다.

이러는 나도 아키 군과 사나다 군이 나란히 있는 것을 본 적이 없다. 반대도 마찬가지였다.

왠지 다시 한번, 귓가에서 타에코 할머니가 남긴 말이 울린다.

어떻게 해도, 또 다른 너희와는 함께 살아갈 수 없는 법이지.

『지금, 아직 후지노미야? 나오도 같이 있어?』

아키 군이 나를 본다. 내가 아무 말도 하지 않는 것을 보고는, "있는데."라고만 대답했다.

『잠깐 이야기하고 싶은 게, 있어서. 사나다…… 아키도 함께, 지금부터 교토로 불러도 될까?』

나와 아키 군은 얼굴을 마주 보았다.

무언가 긴급 사태가 발생했다고 생각할 수밖에 없다. 그런 것 치고는 스나오의 목소리에 초조함은 없었지만, 실제로 급한 일이 있는 것이다. 내일 밤, 시즈오카로 돌아갈 때까지 기다릴 수 없는 무언가가 있었다고 생각해야 한다.

게다가 내용으로 보아, 스나오의 근처에는 사나다 군이 있는 듯했다.

"조금만 기다려 줘. 바로 다시 걸게."

아키 군은 그렇게 말하고, 일단 통화를 끊었다.

"나오, 어떡할래?"

평소의 나라면 바로 고개를 끄덕였을 것이다.

"나, 가고 싶지 않아."

그런데도 나는 확실하게 대답하고 있었다.

오리지널이 부르는데 가고 싶지 않다니, 이런 건 레플리카 실격이다. 시험이 있다면 나는 불합격 도장이 찍힐 것이다.

하지만 교토 같은 곳은 가고 싶지 않다.

나는 여기에 있고 싶다. 불편한 일은 모르는 척하고 살고 싶다. 타에코 할머니도, 여기에 살아도 좋다고 말해주었다.

나는 그런 것을 소리 없이 호소하고 있었지만, 아키 군의 검은 눈에는 망설이는 기색이 하나도 없었다.

아이처럼 떼를 쓰는 나와는 전혀 다르다.

그런데도 한 가닥 희망에 매달려, 나는 묻는다.

"아키 군은, 어떻게 할 거야?"

"나는 슈야가 부르면 응하고 싶어. 그러니 나 혼자 다녀올게."

역시 아키 군은 지극히 담백하게 말한다.

어째서 그런 식으로 결단할 수 있는 걸까? 똑같은 불안을 가슴에 품고 있을 텐데, 아키 군은 망설이지 않는 걸까? 분하지만,

그렇지 않다는 것을 처음부터 알고 있었다.

아키 군도 나와 똑같을 정도로, 어쩌면 나보다 더 불안하고 무서운데도, 도망치지 않을 뿐.

그렇다면 나도 각오를 다져야만 한다. 마주하지 않으면 언젠가 후회할 것임을, 사실은 알고 있었으니까.

"아니야. 나도, 갈래."

아키 군이 내 눈을 본다. 마지못한 선택이라는 것을, 영리한 그는 아마 간파하고 있을 것이다. 그럼에도 괜찮다는 듯이 고개를 끄덕여 보이자, 납득해 준 모양이었다.

텅 빈 작은 접시 앞에서 손을 맞대고 있는 슌 선배에게, 아키 군이 말한다.

"그런 이유로, 슌 선배. 지금부터 우리는 교토에 갈 겁니다."

"응……? 교토?"

눈을 번쩍 뜬 슌 선배가 아리송한 목소리를 낸다.

전화 음성은 똑같이 들렸을 텐데, 영문을 전혀 모르겠다는 반응이다. 나는 처음부터 설명하기로 했다.

"저랑 아키 군은 지금부터 교토에 갈 거예요. 이 자리에는 저랑 아키 군이 입은 옷과 소지품만 남을 거고요. 선배는 그걸 빨래 바구니에 넣어주시면 좋겠어요."

"꼭 부탁합니다."

아키 군도 타이밍을 맞춰 고개를 숙인다.

슌 선배는 두통이라도 있는지, 머리를 붙잡고서 손을 흔들고 있다.

"아니, 잠깐만. 기다려 봐."

나는 바로 알아차렸다.

"무슨 말씀을 하고 싶은지는. 교통비도 안 내고 교토에 가다니, 그래선 안 되겠죠."

"아니야. 전혀 달라. 나는 철도 직원으로서 한마디 하고 싶은 게 아니야."

그렇다면 대체 뭘까? 내가 고개를 갸웃거리자, 슌 선배의 뺨은 희미하게 빨개져 있었다.

"알기는 하는 거야? 난 남자라고. 여자 후배가 몸에 걸치고 있던 옷이나 속옷 같은 걸……. 그건 도덕적으로 여러모로 문제가 있잖아!"

내가 멍하니 있자, 슌 선배는 다음으로 아키 군을 봤다.

"아키, 넌 괜찮은 거야? 다른 남자가 자기 여친 속옷을 옮기는 거라고. 경우에 따라서는, 사고라고 해도, 그게, 만, 만져버릴지도 모르는 거라고."

"하아."

하지만 아키 군의 반응도 미적지근하다.

"슌 선배니까요."

"응. 슌 선배니까요."

슌 선배가 기운 빠진 듯한 한숨을 쉬었다.

"그건, 신뢰한다는…… 뜻으로 받아들여도 되는 거겠지?"

끄덕끄덕. 나와 아키 군은 고개를 끄덕였다.

슌 선배는 무언가 원망하듯 우리를 번갈아 보았지만, 그 이상의 불평은 목구멍 안으로 삼켜준 듯했다.

"아아, 진짜. 알았어. 할머니 할아버지한테는 내가 말해둘 테니까, 후다닥 다녀와."

"감사합니다!"

"그래서 말인데, 좀 있으면 돌아오는 거지?"

어어? 나는 차마 말하지 못했다.

어젯밤, 레플리카가 어떤 건지를 간결하게 설명했지만, 그것만으로는 전부 이해하지 못했던 것이리라. 슌 선배에게는 레플리카가 없었으니까, 그것은 당연하다고도 할 수 있다.

"못 돌아와요. 교토로 불려 가면, 그걸로 끝이랄까. 일방통행이라서요."

선배가 고개를 갸웃거린다.

"그렇다면 너희 짐은 어떡하고?"

"슌 선배가 시즈오카로 가져가 주신다거나……."

"내가? 세 사람의 짐을?"

"어어. 스나오네 볼일이 끝나면, 다시 연락할 테니……."

계획성이 없다는 사실에 어이가 없었는지, 선배는 잠시 할 말을 잃고 있었다. 하지만 머리를 벅벅 긁더니, 퉁명스럽게 내뱉는다.

"일단 탈의실에서 빨래 바구니 가져와! 그러면 거의 만지지 않고 처리할 수 있잖아."

"알겠습니다!"

내가 빨래 바구니를 챙겨 바람처럼 돌아오자, 아키 군이 스나오에게 전화를 건다.

통화음이 울리기 전에, 스나오는 전화를 받았다. 지금까지 스마트폰을 손에 들고 연락을 기다리고 있었던 것이리라.

『이야기, 정리됐어? 괜찮아?』

“응, 괜찮아.”

내가 옆에서 수화기를 향해 대답하자, 스나오가 조용히 숨을 들이마신다.

그 목소리는, 내 귓가에 울린다.

『나오, 사라져.』

다음에 불렸을 때, 나는 교토 땅에 있다.

◇ ◇ ◇

“어……?”

눈을 뜬 순간.

먼저, 나는 놀라서 소리를 냈다. 시선이 가는 곳에는 정면에 서 있는 스나오가 아니라, 그 너머에 펼쳐지는 풍경이 있었다.

얇은 구름이 길게 뻗은 저녁 하늘. 붉고 애절하게 물든 능선.

사가노와 아라시야마 산 사이를 유유히 흐르는 카츠라가와 강에 걸친 다리는 토게츠쿄(渡月橋)다. 내가 서 있는 곳은 다리와 단풍으로 북적이는 산들을 바라보는 강변이었던 것이다.

여기서도, 저녁노을을 배경으로 다리를 건너가는 사람들이 잘 보인다. 기모노 차림의 외국인. 달리는 형제를 뒤쫓는 어머니. 손뼉을 치며 즐거워하는 수학여행 학생.

자전거로 한가롭게 달려가는 남자애는 근처에 집이 있을 것이다. 다리 위에는 버스나 자가용 차량도 주행하고 있다. 아라시야마를 대표하는 관광 명소지만, 토게츠쿄는 현지 주민에게 있어서 생활 도로이기도 하다.

그런 경치를 바라보고 있던 나는 문득 떠올린 것처럼 몸을 희미하게 떨었다. 인적이 없는 강변에서 몰아치는 바람을 막을 방법이 없어서인지 분지인 교토는 상상했던 것보다 추웠다. 본격적인 겨울의 기운이 시즈오카보다 훨씬 더 짙게 느껴진다.

"추워?"

절경을 양보하듯 뒤로 물러나 있던 스나오가 고개를 갸웃거린다. 추위의 이유는 바깥 공기만이 아니라, 지금 스나오의 옷차림에 있었다.

눈앞의 스나오는, 사랑스러운 겨울 토끼 같았다. 동백 무늬가 아름다운 흰색 기모노에, 고상한 남색 띠를 둘렀다. 기모노 무늬가 심플하기에, 고운 얼굴 생김새나 자태가 더욱 돋보인다.

윤기 있는 긴 머리는 옆을 땋아 올리고 뒤에서 모았다. 불과 몇 시간 전의 기억을 더듬어보니, 기모노 렌탈 가게에서 의상과 머리 세팅을 받은 모양이다.

복슬복슬한 털이 감싼 목을 숙여 보니, 당연히 나도 똑같은 차림새였다. 어쩐지 손발이 차갑더라며 납득했다.

전통 버선과 신발만큼은 묘하게 익숙하다. 연극 연습으로 날을 지새우던 때를 떠올리면서, 나는 고개를 가로젓는다.

"끄떡없어. 조금 있으면 익숙해질 것 같아."

내복을 입었고, 배와 등에도 손난로를 넣어둔 모양이다. 추위 대책은 완벽하다.

"그래?" 하고 스나오가 고개를 끄덕인다. 더 뒤쪽에서 사나다 군과 아키 군이 보였다.

두 사람 또한 기모노 차림이다. 회색 느낌이 강한, 어두운 갈색 기모노는 언뜻 보기에 수수했지만, 눈에 띄는 금갈색 띠 덕분에 옷맵시가 나 보인다. 차분한 남자용 검정 기모노 겉옷이 따뜻해 보인다.

나는 사나다 군을 조심스럽게 바라본다. 아키 군과 꼭 닮은 것을 넘어서서, 당연하게도 완전히 똑같이 생긴 남자애를.

아키 군은 지금까지 한 번도 지워지는 일 없이 생활했다. 만약 한 번 지워졌다가 불리면 뚱뚱해질 거라고 장난스럽게 말한 적이 있었는데, 겉으로 봐서 차이가 없다는 사실에 안도했다. 갑자기 아키 군이 살찐다면, 백 년의 사랑이 식는다는 말은 안 하더라도, 나는 적잖이 동요했을 것이다.

하지만 체형이나, 짧게 깎인 손톱은 그렇다 치고, 명백하게 변화한 것은 머리 길이었다.

사나다 군은 최근에 이발한 것이리라. 머리 모양은 거의 변함없지만, 아키 군의 앞머리가 아주 조금 짧아졌다. 어딘가로 사라진 수 밀리미터의 앞머리를, 나는 더 만져보고 싶었다.

다만 이렇게 나란히 서 있으면 누가 아키 군이고, 누가 사나다 군인지는 일목요연했다.

사나다 군은 어딘가 심약해 보이고 차분하지 못하다. 스나오와 아키 군만 힐끔힐끔 보고, 나는 쳐다보려고도 하지 않는다.

스나오가, 사나다 군을 한번 힐끗 보고 말한다.

"사나다는, 아직이야?"

"어?"

사나다 군은 당황한 듯한 표정을 짓고 있다.

"뭐, 상관없지만."

스나오는, 혼자 무언가 납득한 듯했다.

짧은 대화의 의미를 모르는 채, 나는 스나오에게 시선을 돌렸다.

아름답게 차려입은 스나오. 누구보다도 예쁜 스나오에게, 슬며시 묻는다.

"스나오. 여행, 즐거워?"

나는 마음 한구석에서 평소처럼 '재미없어.' 라고 대답하기를 기대하고 있었다.

"보다시피, 만끽하고 있어."

기모노 소매를, 스나오가 하늘하늘 흔든다.

왼손에는 흰색 바탕에 그물무늬가 들어가고 심플한 디자인의 핸드백을 들고 있었다. 집을 나설 때는 없었던 그것은, 기모노 렌탈 때 같이 빌린 것이다.

나는 뭐라고 말해야 좋을지 몰라, 침묵으로 답했다.

오늘의 스나오는 평소와 무언가 다르다. 그 점에 동요해서 그런지, 스나오가 옷을 갈아입기 전의 기억을 잘 더듬을 수 없다.

"일단 앉을까?"

스나오는 아무 일도 없었다는 듯이, 강변의 단차에 걸터앉듯이 앉는다.

덩달아서 거리를 두고, 여전히 난처한 얼굴로 사나다 군이 쭈그려 앉는다. 그 옆에 아키 군도 자리를 잡았다. 나도 말없이 따르기로 한다.

"갑자기 부른 데는 이유가 있어. 나오에게, 보여주고 싶은 게 있어."

"응……."

나는 한숨 같은 목소리로 고개를 끄덕였다. 사실은 고개를 끄덕이는 것도 귀찮았다.

이번 11월만이 아니다. 9월 하순 무렵부터 생각했던 것이다.

스나오는 대체 뭘 하고 싶은 걸까? 당분간 학교에 가라고 하는가 싶더니, 이제부터는 자기가 매일 가겠다고 한다.

이유를 물어봐도, 아무것도 말해주지 않는다. 나는 제멋대로이고 변덕스럽고, 오만방자한 오리지널에게 휘둘리기만 한다.

그것은 말하자면 한 차례의 일시적인 화풀이에 가까운 감정이었다. 하지만 나는 한 번이고 몇 번이고, 스나오에게 화내지 않고는 견딜 수 없었다.

질색하는 나를 눈치채지 못하고, 스나오는 하얀 손가락으로 손안의 스마트폰을 조작하고 있다.

"방금, 수학여행 전에 봤던 공통 모의고사 결과가 나왔어."

나는 일단 스나오가 내민 스마트폰을 받았다.

수학여행을 떠나기 전 주, 스나오가 자택에서 모의시험을 본 것은 알고 있다. 담임 선생님이 강제하진 않지만 진학을 희망하는 학생은 개인적으로 보라고 통지했었다.

엄마에게 말해서 허락을 받은 스나오는, 익숙하지 않은 신청 절차나 수험료 입금을 했다.

본 것은 영어, 수학, 국어 세 과목. 배점은 각각 100점이다. 귀중한 일요일을 통째로 써서, 스나오는 인터넷 수험에 임했다.

스마트폰 화면에는 '성적을 확인하기' 라고 쓰인 무기질적인 버튼이 크게 표시되어 있다. 여기까지 왔다면, 다음은 손끝만 움직여서 스나오의 모의시험 결과에 접근할 수 있다.

하지만, 어째서 나한테?

곤혹스러운 나는, 스나오를 보았다. 시선은 눈치챘을 텐데, 가는 눈썹을 찌푸린 스나오는 강물의 흐름만 볼 뿐이다.

수면을 바라보는 잔머리가 석양에 투명하게 비쳐 금색으로 빛난다.

"아직 나오에게, 알려지고 싶지 않았으니까…… 자가 채점도 안 했고, 결과도 아직 내 눈으로 확인 안 했어."

"내가, 처음으로 봐도 괜찮아?"

"괜찮아."

그렇게 말한다면 보는 것 말고 다른 선택지는 없다.

주저하면서도, 나는 버튼을 눌렀다. 화면이 하얗게 바뀌었다.

스크롤할 필요도 없이, 세 과목의 점수는 한눈에 확인할 수 있었다.

말없는 내게 짜증을 부리는 일도 없이, 스나오가 천천히 입을 연다.

"각각, 몇 점이야?"

정말로 틀림없다는 것을 확인하면서, 나는 입으로 말했다.

"영어가 44점, 수학이 52점. 국어가 62점이야."

객관적으로 판단한다면, 모두 좋은 결과라고는 하기 어려울 것이다. 오른쪽 옆에 있는 판정란에 늘어선 알파벳에 A나 S라는 글자는 하나도 없었다.

하지만 나는 안다.

스나오는 공부를 못 한다. 그런 스나오가 이 정도의 점수를 받으려면, 마땅한 노력이 필요했다.

내가 대신 학교에 다녔던 한 달 남짓한 기간에. 스나오는 자기 방에 틀어박혀 공부에만 몰두했다. 모르는 부분이 있으면 내게 물어왔다. 틀릴 때마다 노트를 구기면서, 몇 번이고 같은 문제를 풀고 있었다.

옆을 보자, 스나오의 작은 얼굴은 안도와 실망이 뒤섞인 듯 복잡한 표정을 드러내고 있었다. 그럼에도 내 시선을 눈치채자, 어떠냐는 듯이 가슴을 펴 보였다.

조금 괴로워 보였던 것은, 기모노의 가슴끈이 파고들었기 때문일지도 모른다.

"어때? 나도, 하면 되잖아?"

잠시 후, 눈을 내리깐 스나오는 한숨을 쉬었다.

"이렇게 으스댈 점수는 아니었지만. 생각했던 것보다, 완전

망쳤어."

"그렇지 않아."

나는 몸을 앞으로 기울이면서, 고개를 가로저었다.

다른 누가 바보 취급하더라도, 나만은 스나오가 얼마나 대단한지 알고 있었다. 확실한 결실을 보려고 하는 노력의 조각을 놓치거나 하지는 않았다.

"스나오는 항상 수업도 제대로 안 듣고 창밖만 보거나, 머리카락을 만지작거리거나 했는데, 단기간에 이만큼 점수를 올린 건 진짜, 진짜 대단하다고 생각해."

숨 가쁘게 전했더니, 그 말을 들은 스나오는 입을 ㅅ 모양으로 들고 있었다.

"저기, 그거 칭찬하는 거 맞아?"

당연히 칭찬하는 게 맞다.

스나오는 믿을 수 없다고 말하고 싶은 눈치였지만, 포기한 것처럼 화제를 바꾼다.

"청릉제 다음 주에, 내가 했던 말 기억해?"

"응……."

잊을 리가 없다. 울다 지친 내게, 스나오가 내뱉었던 말.

손을 짚고, 스나오가 천천히 일어선다. 몸을 펴고 선 스나오를, 나는 한마음으로 바라보고 있었다.

"시험 보는 날도, 몸이 아픈 날도, 매일, 앞으로도 쭉. 이제부터는 도망치지 않고, 나는 나를…… 진짜 열심히 해보겠다고, 결심했어."

그때 그 말의 다음 부분을, 진심을 입에 담은 스나오의 얼굴은 긴장 탓인지 빨갰다.

"모의시험은 지금의 내 힘을 전부 써서 봤어. 학교에 오지 못하는 친구를, 내가 있으니까 괜찮다고 격려해 봤어. 평일은 쉬지 않고 학교에 가고, 수학여행도 즐기고, 요 이틀 동안 여러 곳을 돌아다녔어……. 옛날의 나였다면, 분명, 그렇게 할 거라고 생각했으니까."

더듬거리는 말투로, 스나오는 말을 이어간다. 사나다 군이 넋이 나가 멍하니 있는 것은 자기를 친구로 표현한 것에 놀랐기 때문일지도 모른다.

아플 정도로 미간에 힘을 꾹 주고, 스나오는 계속 말한다.

"이제부턴, 싫은 일이나, 괴로운 일만 나오에게 떠넘기는 건, 그만둘래. 일단, 이번에는 그걸 증명했다고 생각……하는데, 말이야."

스나오가 힘없이 한숨을 쉰다.

이마는 땀으로 젖고, 목은 떨리고 있다. 그 목소리는 몹시 알아듣기 힘들었다.

그렇게 서툰 고백을 받아들인 나는 뒤늦게 일어서면서 웃고 있었다. 참을 수 없어서 '그게 뭐야.' 하고 쓴웃음을 짓고 말았다.

왜냐하면, 그런 건.

"알기 힘들어, 스나오."

나는, 진짜로, 스나오의 레플리카지만.

하지만 가슴속 깊은 곳에 있는 진짜 마음까지, 내가, 알 수 있을 리가 없잖아. 스나오의 소중한 목표를, 숨겨두었던 소중한 마음을, 정확하게 읽어낼 수 있을 리가 없잖아.

왜냐하면 나는, 그런 네 레플리카니까.

"엄청, 엄청, 알기 힘들어, 스나오."

입을 열 때마다, 나는 울음이 터질 것 같다.

어쩌면 이렇게 서툰 걸까. 성가신 아이인 걸까. 하지만 그런 스나오가, 참을 수 없을 만큼 사랑스러웠다.

나와 마주 보는 스나오의 눈이 촉촉하다. 지금, 우리는, 같은 표정을 짓고 있다고 생각했다.

"미안해…… 나오. 미안해."

스나오가, 망설이듯 손을 뻗는다. 나를 향해 뻗는 두 팔을, 나는 받아들였다.

"미안해. 지금까지 잔뜩, 정말로, 미안해."

미안해, 미안해, 하고 별처럼 쏟아지는 말과 함께, 나는 포옹을 받아들인다.

나는 진짜로 스나오에 대해 아무것도 모르고 있었다.

스나오는 앞으로 나아가고 있었다. 내게 앙갚음하기 위해서가 아니다. 괴롭히는 것도 아니다.

스나오는. 스나오는, 스나오는.

자기 인생을.

유일무이한 자신으로서, 살아갈 각오를 다졌던 것이다.

어깨에 힘을 주고, 앞을 보고, 내게 다녀오겠다고 말한 것은,

도망치지 않고 힘내고 있다고, 잘 보고 있어 달라고, 전하기 위해서였던 것이다.

나는 스나오를 오해했다. 스나오를 얕봤다. 그 결의를, 잘못 가늠했다.

어째서 축복해 주지, 못했을까. 응원해 주지 않았을까. 잘 다녀오라고, 힘내라고, 한 번도 말해주지 못했을까.

나는 겨우, 한마디 말을 돌려준다.

"스나오, 열심히 했네."

"응……."

부끄러운 듯 스나오가 턱을 끄덕인다. 나도 뒤늦게 두 팔로 스나오의 등에 감싸려고 했다.

그러려고 했는데, 아키 군의 목소리가 나를 꿈같은 기분에서 현실로 되돌려놓았다.

"나오, 손가락이……."

말꼬리가 불안정하게 떨렸다. 손가락? 그 불길한 말에, 나는 고개를 들었다.

보니까, 내 손가락이 투명해지고 있다.

스나오의 등을 감싸려던 두 손의 손가락이다. 거기서부터 팔에 이르기까지 조금씩 투명해져서, 저편에 있는 겨울의 마른 잔디가 보이고 있다.

"뭐야, 이거?"

긴장감 없는 내 중얼거림에 대답하는 목소리는 없었다. 아무도 지금 일어나는 현상의 의미를 이해하지 못하고 있는 것이다.

하지만 그것은 나도 마찬가지였다. 비명을 지를 수도 없다. 순식간에 몸이 사라져 가는 것을, 이건 뭘까 생각하며 보고 있을 뿐이다.

저항할 방법도 없이, 나는 공기에 녹듯이 희미해진다.

그것은 현실감이 없어서인지, 지독히 아름다운 광경이었다. 넋을 잃고 보는 동안에도 손가락이, 손목이, 팔이, 어깨가,

"나오!"

아키 군이 외치듯이 내 이름을 부르고, 사라져가던 양쪽 어깨를 붙잡는다.

억지로 스나오에게서 떼어내듯이, 강하게 뒤로 끌려간다. 아키 군과 같이 잔디에 쓰러져, 그 충격으로 겨우 제정신을 차렸다.

지금, 내 몸은…… 사라지고 있었어?

눈꼬리가 찢어질 정도로 눈을 크게 뜨고, 두 손을 든다. 할 수 없었다. 어깨부터는 침식이 진행되지 않고, 어중간하게 멈추기는 했지만, 사라진 팔은 돌아오지 않았다.

"무슨, 어? 아, 아아…………."

"나오, 괜찮아. 나오!"

일어서지도 못하고 동요해서, 다 죽어가는 물고기처럼 입을 뻐끔거리는 내 어깨에, 아키 군의 손이 닿아 있다.

"나오, 괜찮아. 괜찮으니까, 진정해."

아키 군도, 아무것도 모를 것이다. 울먹이는 목소리로 봐선 명백했다.

그런데도 뜨거운 팔이, 어깨를 감싸고 있다. 아키 군의 손이 닿은 감촉. 이 손이 있으면 나는 괜찮다고, 어두컴컴한 바다에서, 어젯밤 침실에서, 그렇게 어르던 손이 나를 필사적으로 붙잡고 있다.

나는 짧게, 목 안쪽에서 신음했다. 감은 눈 사이로 눈물을 흘리면서, 눈 안쪽에 힘을 주어, 애매한 자신을 끌어당겼다. 산산조각이 날 것 같은 자신을, 끌어당겨서, 붙들어 맸다.

호흡을 한다. 산소를 마시고, 이산화탄소를 내뱉는다. 당연한 일을 한다. 의식해서 하지 않으면, 이제는 똑바로 할 수 없다.

"나오……."

그리고 몇 초, 몇 분이 지났을까.

아키 군에게 이름을 불린 나는 땀인지 눈물인지 모를 액체로 번진 눈을 뜨고, 조심스럽게 확인한다.

내 손이 있었다. 쥐었다 폈다, 분홍색 손톱을 번갈아 보며 자유롭게 움직일 수도 있다. 몇 번이고 눈을 깜빡여 확인해도, 투명해진 곳은 하나도 없었다.

그런데도 믿을 수 없었다. 지금 내 두 눈이 투명하지 않다는 증거가 없다.

경련하는 목에서, 쥐어짜듯이 물었다.

"나, 보여……?"

"보여."

"여기에, 있지?"

"있어. 보여, 제대로."

목이 아프지 않을까 걱정될 정도로, 아키 군은 몇 번이고 고개를 끄덕였다.

나는 아키 군의 도움을 받아 느릿느릿 몸을 일으켰다. 온몸에서 불쾌한 땀을 흘리고 있었다. 악몽을 꾸었다고 믿기에는 강변의 공기가 너무나도 차가웠다.

"왜……?"

마치 마주 보는 거울처럼. 사나다 군의 손을 빌려서 일어선 스나오는 경악하고 있었다.

"저기, 왜 아무도 아까부터…… 이쪽을 보지 않는 거야? 방금, 나오가, 사라질 뻔했는데……."

말뜻을 이해하지 못한 채, 나는 그 시선을 좇았다.

우두커니 선 내 귀가 떠들썩한 목소리를 주워 담는다. 올려다보니 강변 위 산책로를 관광객이 여러 명 걷고 있다.

자세히 생각해 보면, 어째서 스나오 일행은 토게츠쿄 근처 같은, 사람들 눈에 잘 띄는 곳에서 우리를 부른 걸까? 호텔 방이라든가 노래방이라든가, 그 밖에 안전한 후보는 얼마든지 있었을 텐데.

다른 사람들이 보는 장소에서 나와 스나오가 동시에 존재한 적은 없다. 지금까지는 거의 자기 방에서만 봤다. 스나오는 나와 함께 있는 모습을 가족이나 다른 누구에게도 보이지 않게끔 조심하며 지냈는데.

문득, 얼굴도 이름도 모르는 누군가가 이쪽을 내려다본다. 심장이 한번 뛰었다.

분명, 스나오와 비교당할 것이다. 들켜버릴 것이다.

하지만 그런 내 우려를, 모두가 즐겁게 이야기하며 간단히 지나쳐 간다.

"……?"

나는 미간을 찌푸렸다. 무언가 이상했다.

일란성 쌍둥이는 나란히 서 있기만 해도 제법 주목을 받는다. 완전히 똑같은 얼굴, 똑같은 몸집, 똑같은 옷을 입고 있으면 더욱 그렇다.

기모노 차림의 스나오가 예뻐서인지 슬쩍슬쩍 돌아보는 사람은 몇 명 있지만, 아무도 수상하게 여기는 느낌은 아니다.

아니야. 그게 아니야. 역시 이상해.

어째서 지나가는 사람들은 누구 하나 나와 아키 군을 보지 않는 거지?

"아이카와. 거기, 있어?"

옆에서 들려온 목소리에, 나는 몸을 떨었다.

자갈길을 밟으며 다가오는 것은, 부츠를 신은 사토 양이었다. 짧은 머리는 선명한 꽃장식으로 꾸몄다. 기모노는 커다란 매화무늬가 화려한 짙은 보라색으로, 본인의 씩씩한 인상을 돋보이게 했다.

의아한 얼굴로 스나오가 작게 고개를 끄덕인다. 사토는 무언가 찾듯이 두리번거리고 나서, 다음에 사나다 군을 봤다.

"사나다 군은?"

사나다 군이 숨을 훅 내쉰다. 겨우 물어봐 주었다고 말하고 싶은 것처럼 보였다.

"있어. 제대로 불렀는데, 아까부터 아이카와도 모르는 눈치여서 혼란스러워."

"어? 어디에 불렀는데? 어디에도……."

스나오는 영문을 모르겠다는 듯이, 고개를 갸웃거리고 있다.

세 사람의 엇갈린 대화를 듣는 동안, 나는 깨달았다.

아니다. 진즉에 알았었다고 인정해야만 했다. 그래서 칼날이 목에 닿기 전에, 스스로 입에 담고 있었다.

"나, 없는 거구나."

스나오와 아키 군이 동시에 이쪽을 본다. 사나다 군과 사토 양은 여전히 반응이 없다.

목소리가 떨리지 않도록 기도하면서, 나는 반복한다.

"지금, 사나다 군이나, 사토 양이나, 다른 사람의 세계에…… 나와 아키 군은, 없는 거지?"

없다. 보이지 않는다.

그 말에, 스나오의 표정이 험악해진다.

"무슨 소리야……?"

화제를 알아차렸는지, 두 손을 모은 사토 양이 급하게 말했다.

"미안해. 아이카와랑 사나다 군한테 사람들 눈에 띄는 곳에서 레플리카를 불러 보라고 부탁한 건 나야. 이유는 비밀로 했으니까, 두 사람을 탓하지 말아 줘."

엉뚱한 방향을 보면서, 사토 양은 말을 이었다.

"나도 옛날에 레플리카가 있었는데…… 아니. 있었기 때문일까. 레플리카의 존재에, 반신반의하는 부분이 있었어."

그런 사토 양의 말이 기억과 공명한다. 내가 아닌, 수학여행 중인 스나오의 기억이다.

스나오가 보고, 들은 것. 새롭게 알고, 입에 담은 추측. 눈사태처럼 밀려드는 기억의 거센 물살에 삼켜질 뻔하면서, 나는 필사적으로 버텼다.

이야기의 페이지를 넘기듯이, 어떻게든 읽어내려 한다. 포키 같은 센본도리이. 남자애가 고백한 말. 눈물에 젖은 시야. 콘 포타주 캔…….

"공상의 친구라든가, 해리성 정체성 장애라든가. 지금의 아이카와나 사나다 군을 표현하는 데 여러 가지 말이 있을지도 모르지만, 어느 것도 딱 들어맞지 않아서."

사토 양이 스나오를 마주 본다.

"아이카와, 아쿠타가와 류노스케의 『톱니바퀴』를 읽어본 적 있어?"

"없는데……."

"응, 그럴 줄 알았어."

진지한 얼굴로 고개를 끄덕이는 사토 양. 놀림당했다고 생각했는지, 스나오는 발끈했다.

"하지만 나한테 『달려라 메로스』를 추천해 준 문예부의 나오씨라면 읽어본 적 있지 않을까. 어때?"

나는 무언가를 염원하듯이 천천히 고개를 끄덕였지만, 사토는 여전히 엉뚱한 곳을 보고 있었다. 허공을 향해 이어가는 말은, 내가 떠올리는 것과 비슷했다.

『톱니바퀴』는, 아쿠타가와 류노스케 만년의 작품이다. 아쿠타가와 자신을 모델로 했다고 여겨지는 주인공 '나'는, 지인의 결혼식 피로연에 참석하고자 외출했다가 레인코트를 입은 유령 이야기를 듣는다. 그 후로 '나'는 몇 번이고 레인코트를 입은 남자를 목격하는데, 매형이 레인코트를 입고 치여 죽었다는 말을 듣고, 그것이 자신의 죽음을 암시하는 것은 아닐까 하고 두려워한다…….

그리고 작품 속에서는 이처럼 으스스한 이야기가 나온다.

제2의 나——독일인들이 말하는 이른바 도플갱어는 다행히 내 눈에 직접 띈 적이 없었다. 하지만 미국에서 영화배우가 된 K 군의 부인은 제2의 나를 제국 극장 복도에서 본 적이 있었다. (나는 갑자기 K 군의 부인에게 '지난번에는 미처 인사도 못 드렸습니다.' 라는 말을 듣고 당혹스러웠던 기억이 있다.) 그리고 이미 고인이 된 어느 외다리 번역가 역시 긴자의 한 담뱃가게에서 제2의 나를 목격했었다.

"요컨대 말하고 싶은 건, 도플갱어를 봤다고 하는 목격자는, 그것과 동시에 진짜를 보지 않았다는 거야. 세계적으로는 예외도 있지만, 그것도 지금은 진짜 이야기인지 판단이 안 되니까."

그 자리에 있던 모두가 눈을 깜빡였다. 우리를 대표하듯이 사나다 군이 입을 열었다.

"그건 당연한 거 아니야? 거기에 진짜가 있을 리가 없으니까, 도플갱어라고 떠드는 거잖아."

"하지만 거기에 있던 게 한 명이라면, 그때 목격한 게 어느 쪽이었는지는 모르잖아? 무언가 이상하다고 생각하게 되는 건 나중에, 진짜에게 확인한 뒤의 일이잖아."

"그건……."

"레플리카가 학교에 다니고 있을 때, 정말로 아이카와랑 사나다 군은 집에 있었어?"

나는 사토 양의 올곧은 눈이 무섭다고 생각했다.

그 눈빛에 꿰뚫린 스나오와 사나다 군은 얼마나 긴장했을까. 단순히 기모노에 익숙하지 않아서가 아니라, 두 사람의 상반신은 딱딱하게 굳은 것처럼 보였다.

"제삼자가 두 사람을 보고 있었어? 관측하고 있었어? 낮에는 아는 사람에게 보이면 곤란하니까, 둘 다 밖에는 전혀 나가지 않았지?"

말을 마구 퍼부었다면, 그나마 괜찮았다.

하지만 사토 양은 어디까지나 냉정했다. 손가락을 꼽아나가듯이 눈앞에 늘어놓는 의문에, 아무도 입을 못 열고 있다.

"하야세 선배와의 농구 대결 후에, 네 명이서 전화로 이야기했다면서. 아이카와랑 사나다 군은 집에 있고, 나오 씨랑 아키 군은 체육관에 있었지. 하지만 서로 그럴싸한 목소리를 들었을 뿐…… 정말로 전화기 너머에 누가 있었는지는, 관측하지 않은 셈이네."

스나오와 나는 지금까지 한 번도 함께 있는 모습을 누군가에게 보인 적이 없다. 사토 양의 말을 빌리면, 누구의 눈에도 동시에 관측되지 않았다.

9월 중순, 나와 아키 군은 함께 영화관에 갔다. 같은 시각, 스나오는 릿짱과 식사를 하고 있었다.

하지만 그때도 마찬가지다. 릿짱은 나와 스나오가 나란히 있는 모습을 자기 눈으로 본 것은 아니었다.

"그렇다면, 잠깐만. 사나다가 어제 했던 전 학생회장의 이야기는 어떻게 되는 거야?"

이마에 식은땀이 번진 스나오가 도전하듯이 매서운 눈으로 사토 양을 바라본다.

"어머니는 두 명의 딸을 보고 패닉에 빠졌고, 아버지는 한 명의 딸을 조부모님 댁에 맡기기로 했다. 그렇다면 두 사람은 부모에 의해 동시에 인식된 거잖아."

뺨을 붉히며 주장하는 스나오는 나를 감싸고 있는 것 같았다.

이 말을 듣고도 사토 양은 전혀 흔들리지 않는다.

"모리링 회장 이야기네. 들었을 때 조금 이상한 느낌이 들었어. 자기가 손을 잡고 있는 아이와 똑같이 생긴 아이가 있다고 해서, 패닉에 빠져서, 몸져눕고…… 그런 일이, 있을까?"

지금까지 의문조차 품지 않았던 점을, 사토는 냉정하게 지적했다.

"아니지. 본인에게 직접 들은 것도 아니고, 있을 수 없다고 말하는 건 너무 심할지도 모르지만. 현 상황을 감안하면, 더 알기

쉬운 해석이 있잖아……. 그때 어머니는, 료 선배가 보이지 않았던 게 아닐까?”

“보이지 않았다고?”

중얼거리는 내 목소리는, 사토 양에게 닿지 않는다.

나는 무거운 머리를 움직여, 어머니의 마음으로 생각하려 한다. 스즈미라는 이름의 딸을 둔 어머니. 그 사람을 생각하면 자연스럽게 스나오의 어머니와 포개진다.

“연극 발표회로 가는 아침. 뒤에서 다섯 살의 모리링 회장이 쫓아와서, 이렇게 말하는 거야.”

미안해, 도플짱. 난 역시 엄마랑 유치원 갈래. 연극 발표회에 나가서 계모를 할게. 그러니까 도플짱은, 집에서 기다려 줄래?

잡고 있던 손의 감촉은, 어느새인가 사라져 있다. 거기에 있었던 딸은 사라지고, 대신에 숨을 헐떡이는 딸이 어딘가를 보면서 말하고 있다.

무슨 일이 일어나고 있는지, 금방 이해할 수는 없다. 이 아이가 대체 무슨 소리를 하는 걸까. 무엇을 그렇게 열심히 이야기하고 있는 걸까.

자세히 보니 그 시선은 무언가를 쥐는 모양을 한 자신의 오른손을 향하고 있다. 작은 온기가 남은, 오른손만을.

스즈미, 왜 그러니. 도플이 누구야? 그렇게 묻자, 딸은 믿을 수 없다는 듯이 눈을 크게 뜬다. 지금도 엄마 옆에 있잖아? 나랑 똑같은 얼굴의 여자애. 거기에, 있잖아.

두려움에 몸이 떨린다. 딸이, 이상해져 버렸다.

이 아이에게는 무언가 기묘한 것이 보이고 있다. 보일 리 없는 것이 보인다. 울면서 남편에게 연락해, 어떻게든 직장에서 돌아오게 한다.

남편은 곤혹스러운 가운데, 울면서 주장하는 딸의 말을 믿는 척 연기한다. 거기에 있구나. 진짜로 또 한 명이 있네. 그렇게 고개를 끄덕이면서, 눈에 보이지 않는 무언가를 유도해서 차 조수석에 태운다. 그렇게 자꾸 우는 아이에게 전해지도록, 잘 타이르듯이 이야기한다.

이제부터는 말이다, 스즈미와 도플은 함께 있을 수 없단다. 하지만 아빠가, 책임지고 할머니 댁에 맡기고 올게. 그러니까 안심하고 기다리렴. 엄마 곁에 있어 주렴. 알았지?

차에 타고 달리기 시작한 남편은, 이내 경고음을 귀에 담는다.

안전벨트 미착용을 알리는 귀에 거슬리는 소리. 조금 전까지 아무것도 없었던 조수석에는 딸과 똑같이 생긴 딸이 타고 있었던 것이다.

"이렇게 말해 봤자, 거의 망상 수준이지만. 하지만 아주 틀리지는 않았다고 생각해."

스즈미 선배에게도, 료 선배에게도, 다섯 살 때의 일이다. 전후의 혼란도 있었을 것이고, 정확하게 사물을 파악하고 있었던 것은 아니다. 어머니는 보이지 않는 척하는 것이라고 믿어버렸을지도 모른다.

스즈미 선배의 어머니는 료 선배가 눈에 띄는 것조차 싫어하고, 괴물처럼 대했다. 료 선배는 그렇게 받아들였지만, 그것도 착각이었던 것은 아닐까? 단순히 어머니의 눈에, 스즈미 선배와 료 선배가 동시에 인식되지 않았을 뿐이었던 것이다.

너는, 그러려고 그날, 아무것도 없는 곳에서 태어난 걸지도 몰라.

올해 8월, 후지노미야를 방문한 스즈미 선배의 어머니가, 료 선배에게 했던 말.

지금 생각하면 뭔가 이상한 말투다. 료 선배를 낳은 것은 스즈미 선배일 텐데.

하지만 스즈미 선배의 어머니에게는 달랐던 것이다.

인간은 자기 눈에 보이지 않는 생물을 인간이라고 부르지 않는다.

"그게 내 생각이야. 오리지널이 자신의 레플리카를 인식할 수 있는 것은 지극히 자연스러운 일이고, 그 반대도 마찬가지. 레플리카끼리 서로 인식할 수 있는 것은, 존재하는 층 같은 것이 같기 때문이, 아닐까. 오리지널이 거기에 없으면, 레플리카는 일시적으로 층을 이동해서, 오리지널의 육체를 빌릴 수 있다……고 생각해."

오리지널과 레플리카가 동시에 타인에게 인식되는 일은 없다. 그렇게 결론을 내린 사토 양의 이야기에, 나는 상응하는 충격을 받고 있었을 터였다.

하지만 어딘가 가슴에 딱 와닿는 것이 있다.

타에코 할머니는 아들에게 자세한 이야기를 듣고, 처음부터 그 법칙을 알고 있었던 것이다. 스나오와 내가 함께 살아갈 길은 없다고, 절대로 있을 수 없다고, 타에코 할머니는 알고 있었다. 그래서 자기 집에 살지 않겠냐고 제안해 주었던 것이다.

하야세 선배에 의해 내가 선로에 떠밀렸을 때도 그렇다. 핏자국이나 시체가 남지 않았던 것은 스나오에게 일시적으로 빌렸던 육체가 그 순간, 모치무네에 있는 자기 방으로 돌아갔기 때문이다.

타인에 의해 사건이 관측되지 않으면, 죽은 것이 되지 않는다. 죽음을 실감한 나 자신이 견디기 힘들 정도의 격통을 느끼고 있었다고 해도.

생각해 보면 당연한 일이었다. 생각할 필요도 없이 너무나 당연해서, 나는 눈을 돌리고 있었다.

아이카와 스나오는, 처음부터, 이 세상에 단 한 사람밖에 태어나지 않았고.

세계가, 사람들이 인식하는 아이카와 스나오도, 당연히 한 사람뿐인 것이다.

"…………."

입을 열었다가, 다문다. 의미가 있는 말은 나오지 않았다. 무언가 말한들, 그것이 들리는 것은 스나오와 아키 군뿐이다.

땅으로 눈을 돌린다. 부자연스러울 정도로 기울어진 소나무의 그림자나, 제멋대로 뻗은 타인의 그림자가 내 발밑에 몇 겹으로 겹쳤다. 즐거운 듯한 말소리가 바람을 타고 울려 퍼진다.

아무리 눈에 힘을 주고 봐도, 그 안에 나와 아키 군의 그림자는 없었다.

바지런한 웬디가 제아무리 열심히 바느질해도, 피터팬처럼 될 수는 없다. 거기에 육체가 없으면, 그림자가 있을 리도 없는 것이다.

무거운 침묵이 가득한 강변에, 발소리가 다가온다.

"왜 그래, 셋이서 이상한 얼굴 하고. 무슨 일 있었어?"

"요시이 군……."

나는 그 이름을 불렀다. 내 생각대로 그는 지칠 대로 지친 나를 거들떠보지도 않았지만.

눈썹 부근을 찌푸린 사토 양이, 화려한 붉은 기모노를 입은 요시이 군의 옷자락을 잡아당긴다.

"요시이. 잠깐 나랑 저쪽에 가자."

"웨? 왜? 서, 설마 사나다, 선수 쳐서 아이카와한테 고백하려는 거 아니야?"

"됐으니까 빨리 와!"

"으힉!" 하고 익살맞은 느낌으로 요시이 군이 껑충 뛴다. 아무도 전혀 웃지 않으니 입술을 삐죽 내밀면서, 강변에서 떠나는 사토 양을 따라간다.

그 자리에 남은 것은 네 명이었다.

사나다 군에게서 떨어져 우두커니 선 스나오는, 새파랗게 질린 얼굴을 하고 있다.

"미안해. 이렇게 될 줄은, 몰랐어."

"아니야." 하고 나는 고개를 가로젓는다. 스나오는 아무 잘못 없다. 물론, 레플리카의 법칙을 밝혀 준 사토 양도 그렇다.

오히려, 나다. 사과해야 하는 사람은, 스나오가 아니다.

"사과는 내가 해야 해, 스나오."

나는 불려 나올 때마다, 스나오의 최신 기억을 공유한다.

사토 양이나 사나다 군과 이야기해서, 스나오가 알게 된 것. 깨달은 것. 그것은 기이하게도 어젯밤 슌 선배와의 대화하면서 나와 아키 군이 도달한 내용과 겹쳤다.

오리지널과 레플리카가, 타인에게 동시에 인식되지 않는 것. 중요한 것은 그것만이 아니다.

나는 굳이 입꼬리를 올리고, 밝은 목소리로 말을 건다.

"있잖아, 스나오."

"왜……?"

"스나오가 잃어버린 상냥함. 난 어디 갔는지 알아."

나는 살며시 스나오의 손을 잡았다.

차가운 손이지만, 다행이라고 생각한다. 다른 누구에게 보이지 않더라도, 나는 스나오를 만질 수 있고, 온기를 나눌 수도 있는 것이다.

양손으로 끌어당긴 손바닥을, 내 가슴 한가운데에 댄다. 스나오는 놀란 듯이 몸을 움츠렸지만, 손을 빼지는 않았다.

"내가, 가지고 있었어. 스나오. 여기 있어, 스나오."

스나오의 커다란 눈 안에서, 애절하게 빛이 튄다.

반짝반짝 빛나는 카츠라가와의 수면보다 눈부신 빛이, 나를 보고 있다.

"있지, 스나오. 여기에 있었어."

그것은, 여름날의 일이었다. 니혼다이라 동물원에 다녀온 날.

'나를 돌려줘.' 라고 스나오는 말했다. 의지할 곳 없는 목소리는 떨리고 있었다.

아무것도 가져가지 않았다고 생각했다. 그렇게 믿고 있었다. 나는 내 것을, 무엇 하나 가지고 있지 않다. 그렇게 완고할 정도로 믿고 있었으니까.

하지만 그것은 큰 착각이었다.

스나오만이 기억하고 있었던 것이다. 자신의 별명을 빼앗겼다는 것을.

가슴 한가운데에 있던 소중한 감정을, 잃어버렸다는 것을.

"나는 스나오에게서, 정말로 소중한 것을 빼앗았구나. 이름을, 상냥함을, 빼앗고 있었구나."

정말로, 알고 보니 단순한 일이었다.

……친구와 말다툼하고, 고집을 부리게 되었다. 사과하고 싶지만, 사과해도 용서해 주지 않으면 어쩌지? 직접 보는 것이 두려워서, 방에서 한 발짝도 나갈 수 없게 되었다.

……폭력을 쓴 선배가 있는 학교는 무서워서 갈 수 없다. 내 방에서 복수극을 떠올려 본다. 그래도 선배를 때리는 역할은, 나는 할 수 없다. 직접 맞서는 건 당치도 않다.

……좋아하는 남자애 앞에서, 심술궂고 미움받는 계모 따위

는 연기하고 싶지 않다. 귀여운 공주님을 할 수 없다면, 적어도 그 아이가 한심하게 보지 않게끔, 능숙하게 연기해야 한다. 계모가 되어야 한다.

……친구를 도와주고 싶은데, 내 몸보신을 최우선으로 생각해 버린다. 그 애처럼 따돌림당하고, 외톨이가 되긴 싫다. 하지만 친구를 구하지 못하는 나는 한심해서 더 싫다.

……연인에게 버려졌다. 이런 보잘것없는 인생은 끝내고 싶다. 눈앞의 바다에 뛰어들어, 거품이 되어 사라지고 싶다. 어서 죽고 싶다.

내가 태어난 날의 이야기.

스나오는 울면서 도와달라고 말했다. 누가 나를 도와달라고.

막다른 곳에 몰린 끝에, 스나오는 자기 자신의 일부를 잘라내 버렸다. 간절하게 외친 소원을 뒤틀린 형태로 이룬 것이, 레플리카의 정체인 것이다.

내가 릿짱에게 사과한 것은, 상냥한 스나오였으니까.

아키 군이 하야세 선배가 있는 학교에 등교할 수 있었던 것은, 용기 있는 사나다 군이었으니까.

료 선배가 카구야 공주를 연기할 수 있었던 것은, 표현력 있는 스즈미 선배였으니까.

사토 양의 레플리카가 친구를 구할 수 있었던 것은, 우정이 두터운 사토 양이었으니까.

알로이지아의 레플리카가 본체를 바다에 밀어뜨릴 수 있었던 것은, 죽고 싶어 하던 알로이지아였으니까.

사람은 종종 상반되는 두 가지 감정을 품을 때가 있다. 예를 들어 친구와 놀러 가기로 약속했지만, 일어나 보니 왠지 귀찮아졌다. 그 마음이 커지면, 약속을 취소할까? 하고 악마의 속삭임이 들려온다.

그럴 때 아무것도 없는 곳에서가 아니라, 자신 일부를 잘라낸다. 귀찮다고 생각하는 자신이 아니라, 밖으로 뛰쳐나가고 싶어 견딜 수 없는, 내면에 있던 작은 자신만을.

레플리카는 오리지널 안에 있는 감정을 빼앗아 태어난다. 그것을 원동력으로 움직이기에, 오리지널과는 전혀 다른 행동을 일으킬 수 있다.

나는 스나오 안에 확실히 있었던, 따뜻한 상냥함을 빼앗아 태어났다. 아키 군 또한, 사나다 군 안에 있던 얼마 남지 않은 용기를 빼앗은 것이다.

하지만 잃어버린 것은 돌아오지 않는다. 뻥 뚫린 구멍은 피를 뿜고, 메워지기는커녕 상처가 끝없이 벌어져 간다.

우리는 뒤틀려 있고, 처음부터 오리지널과는 결정적으로 달라져 있다. 그런 료 선배가 느꼈던 위화감은 정곡을 찌른 것이었지만, 옳지는 않았다.

우리가 오리지널에서 변화한 것이 아니다.

료 선배의 말을 빌리자면, 조금씩 뒤틀려 간 것은 우리를 낳은 오리지널이었던 것이다.

짐승이든 사람이든, 원래는 다른 무언가였던것이 아닐까? 처음에는 그것을 기억하고 있었는데, 점차 잊어버리고, 처음부터 지금의 모습이었다고 믿어버리게 착각한 게 아닐까?

『산월기』의 이징이, 조금씩 자신이 인간이었다는 사실을 잊어갔듯이.

스나오는 상냥함을, 사나다 군은 용기를 잊어간다. 처음부터 그런 것이 없었던 것처럼, 서서히 상실해 간다.

나는 스나오의 손을 살며시 놓았다. 시선을 돌리자, 초저녁 어스름이 깃든 환상적인 다리 위를, 그림자만이 된 사람들이 지나가고 있다.

여기서 과연 얼마나 많은 사람이 기억하고 있을까? 얼마나 많은 사람이, 나는 머리 꼭대기부터 발끝까지 태어났을 때부터 이런 나였다고 자신 있게 말할 수 있을까?

마음속으로 묻는다. 어딘가에 내버려둔 레플리카는, 잊어버렸어?

아니면 당신은 나와 똑같이, 하나의 감정에서 태어난 레플리카일까?

"빼앗았다기보다…… 내가 멋대로 떠넘긴 것 같지만."

자조하는 듯한 스나오의 중얼거림에, 나는 가볍게 고개를 젓는다. 스나오도 눈을 가늘게 뜨고 다리를 바라보고 있다.

"난 말이야. 조금씩, 상냥함을 잊어갔던 것 같아. 그래서 더더욱, 나오가 부러웠어. 누구에게나 솔직하고, 상냥해. 그럴 거면 나오가 아이카와 스나오가 되면 좋을 텐데, 하고 몇 번이나 생각했어. 그러면 머리가 아프고, 배가 아프고, 아무것도 열심히 할 수 없게 됐어. 안 되는 자신에게, 점점 익숙해져 갔어."

눈앞의 강물 속에서 빛나는 하얀 돌이, 스나오의 상냥함이었다고 한다면…… 나는 그 돌을 목구멍 깊숙이 삼킨 채, 강에서 올라와버렸다.

삼킨 돌은 간단히 꺼낼 수 없다. 돌려줄 수 없다.

알로이지아의 경우와는 사정이 다르다. 그 레플리카는 죽고 싶다는 감정을 품고 있었기에, 태어난 지 얼마 안 되어 혼자 바다에서 사라진 것이다.

죽음의 문턱을 헤맸던 알로이지아는 자살을 바란 것도, 레플리카의 존재도, 깨끗하게 잊었을 것이다. 그리하여 『돌아온 인어공주』라는, 현대의 도플갱어 전설이 성립했다.

같은 방법으로는 상냥함을 되찾을 수 없다. 그렇다면 어떻게 해야 좋을까?

떠오르는 방법은 하나뿐이다. 바로 조금 전, 단서가 될 체험을 이 몸으로 맛본 참이다.

확증은 없었지만, 내게는 그것이 정답이라는 확신이 있었다. 그것 말고는 생각할 수 없다는 생각마저 들었다.

"내가 스나오에게 흡수되면, 빼앗았던 것이 원래대로 돌아갈 거라고 생각해."

또다시 레플리카로서 부르기 위해, 일시적으로 집어넣는 것으로는 부족하다.

스나오에게 안기는 것. 그렇게 하면 나는 스나오 안으로 흡수되어 간다.

시간은 걸릴지 모르지만, 둘로 나뉜 영혼은 하나로 돌아갈 것이다. 이것이 내가 빼앗은 상냥함을 스나오에게 돌려주고, 원래대로 되돌리기 위한 절차다.

모든 것을 알게 된 나는 각오하고 있었다. 언제든 명령하는 것은 스나오의 권리다. 많은 것을 알게 된 지금이라면, 더더욱 그랬다.

"나오."

스나오가, 나를 부른다.

자기 것이었던 이름으로 나를 부르고, 말한다.

"좋아하는 쪽으로 선택해도 돼, 나오가."

"어……?"

다리에 강한 바람이 분다.

핀으로 단단히 고정된 뒷머리는 끄떡도 않았지만, 흐트러진 앞머리 사이로, 나는 눈도 깜빡이지 않고 스나오를 바라보고 있었다.

딱딱하게 긴장한 줄 알았던 스나오의 얼굴은 후련해 보였다. 어디까지나 온화하게, 석양 속에서 미소를 짓고 있었다.

지금의 스나오는, 어쩜 이리 예쁘고, 눈부신 걸까.

그 표정이 점차 나와 슈크림을 반으로 나누어 먹던 시절의 스나오와 포개져 간다. 입가에 크림을 묻힌 내게 어이없다는 듯이 웃고, 손을 뻗어 닦아 주었던 어린 스나오와 같은 온기였다.

내게 선택을 떠넘기는 것이 아니다. 책임을 들이미는 것도 아니다.

내 뜻을 존중해서, 맡기려고 하고 있다.

누구보다도 상냥했던 시절의 스나오의 윤곽을 필사적으로 덧그리려 하는 스나오가 거기에 있었기에.

"나오가 정해도, 돼. 나오로서 살아갈지. 아니면…… 내 안으로 돌아올지."

내 목이, 떨린다.

북받쳐 오르는 감정에 숨이 막힌다. 말로 나오지 않는 마음이 넘쳐흘러, 허우적댈 것만 같다. 입술을 한 번 꾹 깨물고, 나는 어떻게든 호흡을 가다듬었다.

숨을 마신다. 내쉰다.

스나오는 보채는 일 없이 기다려 준다. 그러니 서두를 필요는 없다.

게다가 내가 생각한 대답은 처음부터 정해져 있었다.

나는 스나오의 눈을 보고 대답한다.

"스나오. 나는…………."

후기

레플리카란, 무엇인가.

3권은 그 수수께끼에 초점을 맞추고, 해명하는 권입니다.

다만, 저 자신은 이것을 수수께끼로 인식한 적이 한 번도 없었습니다. 일상에 숨은 소소한 판타지나 미스터리에는, 언제나 가슴이 설렙니다. 『레플리카도, 사랑을 한다.』에 관해서도, 읽어 주신 각 독자분께서 상상을 부풀려 주시면 충분하다고 생각했습니다.

하지만 3권 협의 당시, 담당 편집자님께 "1권부터 일관되게(1권이니까) 그렸던 것은, 사실 이런 것이었습니다."라고 이야기했더니, "그런 거였나요."라며 무척 놀라셨습니다.

말장난[1] 이 너무 재미없어서 놀라신 것은 아닐 겁니다. 그 반응을 바탕으로, 3권 내용은 저절로 정해진 부분이 있습니다.

만약 본작이 미스터리 소설이고, 1권이 출제편이라고 한다면, 2권에서 알기 쉽게 힌트가 명시되고, 3권은 해답편이라고 바꿔 말할 수도 있을 것 같습니다. 띠지에는 '1권부터의 모든

1 '1권' 과 '일관' 의 일본어 발음이 같은 것을 이용한 말장난.

것이 복선!' 이라고 크게 써달라고 할 법한 것입니다.

그렇다고 해서 마음의 준비를 하실 필요는 없습니다.

이번 권에서 풀어 나가는 것은 입동(立冬)의 이야기. 학생들의 일대 이벤트인 수학여행은 서로 어긋나면서도, 공명하며 전개되어 갑니다.

나오와 스나오. 아키와 슈야. 릿짱이나 슌 선배에게도 각자의 기쁨이 있고, 청춘이 있고, 고민이 있고, 싸움이 있습니다.

가슴에 숨겨온 마음이 있거나, 나이에 걸맞게 서투르거나, 때로는 어른보다 훨씬 더 어른스러운 얼굴을 하는…… 저는, 그런 모두가 사랑스럽습니다. 독자 여러분께서도 좋아하게 되었다면, 더없이 기쁠 겁니다.

참고로 당초, 스루세이의 수학여행지는 오키나와를 상정하고 있었는데, 담당자님에게 "오키나와는 너무 인싸 느낌이 나는 것 같다."는 쓴소리를 들었습니다. 다 쓴 지금, '교토라서 다행이야!' 라고 절실히 느끼고 있습니다. 푸른 하늘과 바다, 백사장…… 음, 요시이는 신나겠지만, 스나오의 심경과는 전혀 맞지 않네요(웃음).

교토에는 8월 상순경, 취재 여행을 다녀왔습니다.

무려 낮 기온은 37도 이상! '겨울, 지금은 겨울…….' 이라고 자신에게 최면을 걸면서 한 교토 여행, 땀투성이가 되어 사원을 둘러보았습니다. 무척 즐거웠습니다.

여기서 중요한 소식입니다. 하나다 모모세 님이 그리시는 만화판 제1권이, 전격 코믹스 NEXT에서 나왔습니다.

모든 페이지의 나오가 귀엽습니다. 정말 귀엽습니다. 상큼한 연애 이야기이면서, 롤러코스터처럼 감정을 흔드는 만화로 완성해 주셨습니다. 꼭 즐겨주세요.

이제 감사의 말씀을 전하는 차례로 넘어가겠습니다.

담당 편집자님. 이번에도 (주로 마감 관련으로) 큰 불편을 끼쳤습니다. 언제나 정확한 조언을 주셔서, 감사합니다. 의지하고 있습니다.

일러스트레이터 raemz님. 이번 권 커버 일러스트에서는 별이 뜬 하늘을 반사하는 밤바다에서, 변화해 가는 나오와 스나오의 관계를 표현해 주셨습니다.

1권과 쌍을 이루는 멋진 구도, 아름다움과 애절함이 가슴을 울렸습니다. 정말로 멋진 그림을 그려 주셔서 감사합니다! (커버 일러스트에는 그 밖에도 다수의 장치가 있으니, 꼭 찾아봐 주세요)

그리고 이 책을 집어 주신 여러분께, 최대한의 감사를 담아서 전합니다.

앞서 말씀드린 대로 '레플리카란 무엇인가?' 는 제게 수수께끼가 아니었습니다. 거기에는 다 이유가 있습니다.

어릴 적에 문득 자신에게는 인간에게 필요한 무언가가 부족하거나, 빠진 게 아닐까 하는 불안이 몇 번이고 몇 번이고, 가슴을 스쳐 지나간 적이 있었습니다.

어른이 되면 이런 고민은 간단히 사라질 거라고, 그런 식으로 생각했습니다. 유감이라고 할까요, 어른으로 불릴 나이가 된 지금도 우려는 사라지지 않고, 시시때때로 저를 괴롭힙니다.

나는 진짜가 아니라고, 나오도 스나오도 말합니다. 진짜란 과연 무엇일지, 저도 줄곧 생각하고 있습니다. 당신에게는 어떻습니까?

비슷한 감정을 느꼈던 적이 있는 분도, 없는 분도.

나오의 대답에서 이어질 이야기를, 함께 들으러 가주시지 않겠습니까?

2023년 10월 하루나돈

【작중 인용 문헌】

■ **마샤 브라운 『The Three Billy Goats Gruff』**

《그때, 큰 염소가 다가왔습니다.
쿵, 쾅! 쿵, 쾅!
얼마나 무거운지, 다리가 삐걱삐걱 신음했습니다.》

—본문 104페이지

■ **아쿠타가와 류노스케 『톱니바퀴』**

《제2의 나—— 독일인들이 말하는 이른바 도플갱어는 다행히 내 눈에 직접 띈 적이 없었다. 하지만 미국에서 영화배우가 된 K 군의 부인은 제2의 나를 제국 극장 복도에서 본 적이 있었다. (나는 갑자기 K 군의 부인에게 '지난번에는 미처 인사도 못 드렸습니다.' 라는 말을 듣고 당혹스러웠던 기억이 있다.) 그리고 이미 고인이 된 어느 외다리 번역가 역시 긴자의 한 담뱃가게에서 제2의 나를 목격했었다.》

—본문 229페이지

■ **나카지마 아쓰시 『산월기』**

짐승이든 사람이든, 원래는 다른 무언가였던 것이 아닐까? 처음에는 그것을 기억하고 있었는데, 점차 잊어버리고, 처음부터 지금의 모습이었다고 믿어버리게 착각한 게 아닐까?

—본문 242페이지

레플리카도, 사랑을 한다. 3

2025년 10월 15일 제1판 인쇄
2025년 11월 01일 제1판 발행

지음 하루나돈
일러스트 raemz

제작 · 편집 노블엔진 편집부

발행 데이즈엔터(주)
등록번호 제 2023-000035호
주소 07551 서울특별시 강서구 양천로 570 NH서울타워 19층
대표전화 02-2013-5665

ISBN 979-11-380-6258-9
ISBN 979-11-380-6096-7 (세트)

REPLICA DATTE KOI O SURU Vol.3

Edited by 전격문고
First published in Japan in 2023 by KADOKAWA CORPORATION, Tokyo.
Korean translation rights arranged with KADOKAWA CORPORATION, Tokyo.

TV 애니메이션 제작 중! 2026년 방영 예정!
'반에서 두 번째'인 소녀와의 풋풋한 청춘&연애 스토리!

반에서 두 번째로 귀여운 여자애와 친구가 되었다

1~5

애니메이션 제작 중

안면을 튼 사람조차 없었던 나, 마에하라 마키에게 처음으로 생긴 친구, 아사나기 우미.

남자애들 사이에서 '반에서 두 번째로 귀엽다'는 평판이 있고, 천진난만한 반 최고의 미소녀 아마미와도 싹싹하게 잘 맞춰주며 어울리는 아사나기는 금요일 방과 후에 몰래 우리 집에 놀러 오는데——

"얼른 옆에 앉아. 같이 만화 볼 거니까."

"여긴 내 침대인데……."

"지금은 내 침대야. 자, 이리 온?"

——아사나기, 거리가 너무 가깝지 않아?

평범남과 '반에서 두 번째'인 히로인,
현실적인 '친구' 러브 코미디!

NOVEL ENGINE

타카타 지음 | **휴가 아즈리** 일러스트 | **2025년 11월 제5권 출간**

청춘의 상상, 시동을 걸어라!

한없이 자유분방한 성녀님과 보내는,
달콤하고 고귀한 청춘과 사랑의 이야기가 시작된다——.

방과 후의 성녀님이 고귀하지만은 않다는 것을, 나는 알고 있다

1~3

"같이 갈래?"

——밤 11시. 평범한 고등학생 쿠라키 야마토는 편의점에 다녀오는 길에 학교에서 '성녀'로 불리는 미소녀, 시라세 세이라와 마주친다. 그리고 이 말을 계기로 한밤중의 번화가에서 함께 시간을 보내고, 그때부터 두 사람의 교류가 시작되었다.

처음으로 해보는 다트 던지기, CD 교환, 라멘 가게 순례. 가끔 응석을 부리고, 조금은 장난꾸리기 기질도 보이는 성녀님과 교류하는 사이, 칙칙했던 일상이 색채를 띠는데…….

NOVEL ENGINE

토즈카 리쿠 지음 | 타쿠본 일러스트 | 2025년 9월 제3권 출간

청춘의 상상, 시동을 걸어라!